imaginist

想象另一种可能

理
想
国
imaginist

《育儿放弃》

[导读]

身为母亲的耻感

○ 泓舟（媒体人）

　　二〇〇〇年十二月十日，日本爱知县发生了一起女童死亡案。一对年轻父母将年仅三岁的女儿真奈放进纸箱近二十天，在此期间真奈几乎没有任何进食，最终饿死。这起案件震惊了当时整个日本社会。二十多年过去了，类似"育儿放弃"的虐童悲剧至今都没有停止，一桩桩新闻事件被曝光之后，受到强烈问责的总是孩子的母亲，人们不假思索地将批判之箭射向她们，而大众在为案情所触动的同时，很容易把它看作是距离自己遥远的、另一个世界的事，当新闻的热度褪去后，鲜少有人再去探究这些惨剧背后的成因。

　　本书作者杉山春是一名纪实文学写作者，也是一位母亲。她敏锐地察觉到，事件背后可能有着被忽视的结构性社会问题。于是，她历时三年半，多次采访涉案父母及家属、儿童保护组织与医院等多方人士，搜集法庭审判资料，最终详尽客观地还原了案件的全貌。她的书写当然不是为了某种意义上的"辩白"，而是客观记录了当一个女孩成为母亲后，摆在她面前的种种育儿艰辛，当她缺乏外部支援，特别是伴侣没有能够在心理和行动上为她提供必要的支持时，她如何陷入孤立无援的困境。作者犀利地指出，"育儿就是现实本身，是真刀真枪的胜负对决"。孩子的出生和抚育过程，往往是父母价值观、社会化程度的直接体现。雅美和丈夫都未像其他同龄人一样完成高中学业，两个懵懵懂懂的年轻人，出于满足"男朋友""女朋友"的交往目的，走进了彼此的生活，在还不具备独立生活能力的时候，就匆匆为人父母，这也成为日后酿造悲剧的主要原因之一。

雅美作为女性，从女孩到母亲的身份转换更像是发生在一夜之间，表面上她还是个时髦少女的样子，实际上她已经开始承担起照顾孩子、打理家务、处理婆媳关系等职责，行动的半径从此被限制在了狭小的家庭环境里，而与此同时，她的丈夫智则的生活没有发生太大变化，他照样去工作，去社交，和同事打球、聚餐，当妻子忙得晕头转向时，他甚至依然可以心无旁骛地坐在家里打游戏，理所当然地将一些和育儿、家务相关的事情都交给妻子。比如，当孩子的生长发育被医生检查出整体迟缓的时候，身为父亲、丈夫，他不仅没有表现出愿意面对、解决问题的态度来，还一心认定"男人负责在外面挣钱，女人负责家务和育儿"，其中产生的所有麻烦事都交给妻子来处理就好。

生育将女人和男人区分开来，即使在同一屋檐下，因为孩子的出生，丈夫和妻子的人生也会产生明显的变化，像两条从同一原点分叉出来的小径，各自走去不同方向。当妻子成为育儿的主力，母职——便成为一份需要全天候不停歇去完成的工作。如果孩子出现了任何闪失、问题，都会让母亲被"失职"感紧紧地包裹住。当真奈迟迟不会走路、不会说话，因为害怕被保健师谴责没有养育好孩子，被判定为不合格的母亲，雅美生出强烈的羞耻感。然而，当她试图向丈夫求助时，只换来了冷漠不理，而非必要的理解、支持和作为父亲的承担；与此同时，她也不知道怎样和其他家人、朋友、相关的政府机构表达自己的需求，以获得外来的援助。明明在她面前有好几条道路可以走，但是她偏偏被逼入一条死胡同，将育儿中所遭遇的一个又一个问题沉入没人知道、没有人看见的冰冷深海中。

连同一起沉入的，还有雅美自己。她和丈夫在感情最甜蜜时期有了共同的孩子，却没有能够在本应是温馨和乐的家庭里，获得继续往前走的力量。日复一日的生活，好像把她推入了看不到尽头的处境：喂两个孩子吃饱喝足，给他们换纸尿裤、洗衣服，还有料理家务、购物、陪他们去公园……几乎完全没有属于自己的时间，她和丈夫是典型"男主外、女主内"的性别分工。作为没有收入的全职妈妈，雅美有着强烈的不安全感，没有经济能力的她竟然依靠疯狂购物来发泄情绪，以填补没有被满足的情感需求，直到欠下无力偿还的债务，在金钱上完全失控。和原生家庭之间的隔阂更是让雅美原本就脆弱的心理雪上加霜，她无法将夫妻关系、育儿中遭受的挫败感和自己的母亲沟通、交心，只能一个人咽下一切，让巨大的焦躁不安、忧郁纠结在身体里面缠绕、膨胀、无从消解。

在我初为人母时，一个朋友作为过来人分享经验，她提醒我，做妈妈是一件辛苦且需要长期作战的事情，所以千万不要耗尽自己，遇到问题，一定记得去寻求外界的各种援助，不论是网络，还是身边的朋友、家人，除了能够得到一些可能有效的育儿技巧或是实际的帮助之外，更重要的是让你认识到，你不是孤单一人在面对困难。当我在读这本书的时候，很想将这段话面对面地告诉雅美——成为母亲，不是一瞬间的事情，而是一个漫长的过程，在这期间遇到的问题很多都是具有普遍性的，大可以抛开些许羞耻心，和外界保持连接，告诉自己：你值得被帮助。或许，我只能说或许，她能够被一股无形的力量拢住，而不是任由自己跨过那条不可触犯的界限，一步步滑向无法挽回的悲剧。

　　然而，唏嘘的是，当我们跟着作者的笔触进入雅美的童年、青少年的轨迹后，就会发现一个很难不被承认的事实：她失语已经很久了。童年时，她就是一个"不让家长操心"的孩子，在乖巧的外表背后，其实是她长年累月刻意隐藏起来的情感。在她遭遇欺凌时候，发现自己即使发出求救的信号，也不会得到及时的理解和帮助，长此以往，低自尊、孤独感便贯穿了她的整个成长过程，导致她遇到任何困难，都从来不会向以老师为首的成年人求助，这为她日后在育儿过程中的不信任、自暴自弃埋下伏笔。为了远离原生家庭带来的伤痛，雅美迫不及待地和心爱之人组建家庭、诞下子女，原本以为从此可以翻开新的一页，然而三口之家的温馨、初为人母的喜悦没有享受多久，她便再次逐步迈入失语、无力的境地。

　　在一个默认母亲承担主要育儿职责的社会里，真奈之死绝非特殊个案，在结构性性别不平等的社会背景下，女性作为个体的需求很容易被轻视或是彻底忽视，一旦出现问题，就容易成为站在问题靶心的那个人，被议论、被谴责、被定罪。从这点上说，非常感谢本书，对女性而言，是一次重要的"看见"。作者客观、详实地记录了这起极端案例的来龙去脉，似乎与我们平静的日常生活无关，但在阅读中，我从头到尾没有产生过猎奇的心态，反而常常被一些细节牢牢锁住在字里行间，真实地体会到一个女儿、一个妻子、一个母亲内心真实而隐秘的苦痛，往深里陷了去，有时候会自问，究竟为何会如此？在抚养孩子的过程中，母亲扮演了一个怎样的角色？除了是妈妈之外，她还是谁？

二〇二三年四月于北京

育儿放弃

被困住的母亲与被忽视的女儿

Sugiyama Haru

ネグレクト 育児放棄
——真奈ちゃんはなぜ死んだか

[日]杉山春 著

烨伊 译

北京日报出版社

忽视（neglect）

育儿放弃。指不给孩子提供饱足的饮食，对生病或受伤的孩子不闻不问，长时间不给孩子洗澡等监护人放弃抚养责任的行为。儿童虐待的行为分为身体虐待、精神虐待、性虐待和忽视四种。近年来，忽视的案例逐年激增。按照日本《儿童虐待防止法》的规定，忽视是指"过分减少儿童进食，以致妨碍其正常的身体或精神发育；或长时间弃之不顾，（略）以及其他监护人在监护过程中有明显懈怠懒惰的行为"。

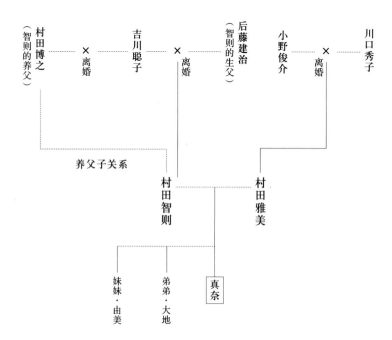

目 录

第六章　重逢

前言

　　一名年仅三岁的女孩被父母放进纸箱中将近二十天，其间几乎没有任何进食，最终死去，小小的遗体如同木乃伊一般。涉案人是一对染着黄色头发的二十一岁的年轻夫妻，他们十几岁就已为人父母。

　　女孩名叫村田真奈，二〇〇〇年十二月十日，在爱知县武丰町大型钢铁制造公司 K 制铁的员工宿舍 E 栋四层尽头的房间中身亡。据说案发时屋内凌乱不堪，水池里堆满了脏污的碗盘、平底锅，空气中飘荡着剩饭的馊味。房间北边有一个三叠 * 大的房间，里面被家具塞得满满当当，所剩无几的空间里放着一只柑橘盒子大小、去掉盒底的纸箱，真奈弯着双腿，被困在纸箱中。箱子底部铺着毛巾被，箱盖上摞着用过的旧纸箱。

---

* 叠：榻榻米的尺寸，多用来计算日本房间的面积。一叠约为一点六二平方米。

真奈的父亲名叫村田智则，当时在 K 制铁子公司的知多营业所任机械保养工。母亲名叫村田雅美，是一名家庭主妇。案发时，真奈还有一个一岁半的弟弟，名叫大地，母亲雅美还怀有身孕，在公审期间生下次女由美。

真奈死亡时身高八十九厘米，勉强够得上三岁女童的平均值，但体重只有五公斤，不到标准中间值——十三点六公斤的四成。她的纸尿裤上兜满了屎尿，腰部到大腿粘有粪便，散发着恶臭。皮下脂肪的流失使她的皮肤像老人一样干巴巴的，漆黑的头发披散在大得不成比例的脑袋上，脸颊深陷。由于眼睛周围的脂肪完全消失，她的眼睛无法闭上，白眼球因干燥变为黑褐色。股关节和膝关节都弯成直角并呈僵直状态，说明她死前已有两三个星期没有活动了。

解剖发现，真奈的胃里只有二十毫升内容物，即大约一大汤匙分量的棕褐色黏液，没有固体物质。肠管没有脂肪，小肠里空空如也，大肠里只留有兔子的粪蛋大小的粪便。在法庭上，检方和辩护方对这一小球粪便的成分看法不同——究竟是脱落的肠黏膜，还是母亲雅美喂给她的一丁点儿食物？对此双方各执己见。

一般来说，人体无法从外部摄取营养时，会分解存储在肝脏中的糖原。糖原储量不足的话则会消耗人体脂肪，如果脂肪也不够用，便将体内的蛋白质转化为能量。当内脏的蛋白质也被分解，陷入功能失常的状态，人就会被饿死。更多人会在这之前死于心脏衰竭引起的衰弱或感染。解剖结果说明，真奈为了活下去，已耗尽了自己身体的全部能量。

担任司法解剖的名古屋市立大学医学部法医学讲座教授长尾正崇在公审中的证词说道："迄今为止，我参与了五百例司法解剖，但从没见过生前如此饥饿的死者。"

雅美的主任律师高桥直绍说："我看了真奈去世时的照片，她的神态很成熟，怎么看也不像是一个幼童。"这名幼小的女童，生前用如大人般成熟的目光目睹了怎样的光景呢？

一九九七年十一月二十日，村田真奈出生于知多半岛的小城爱知县武丰町内的妇产医院。真奈是正常分娩，体重三千零五十八克。

母亲雅美十八岁。从武丰町内的初中毕业后，她边工作边读定时制高中，但只坚持了两个多月就辞职并退学。之后她便和不良少年们混在一起，不常回父亲和哥哥居住的父亲所在公司的宿舍。她将头发染得花花绿绿，把自己打扮成"黑辣妹"*的模样，晚上坐在暴走族的摩托车后座，飞驰在城市的大街小巷。雅美不化妆，婴儿肥未褪的脸蛋水灵灵的，不知道为什么，让人印象深刻。

雅美的父母很早就已离婚，母亲秀子带着雅美的两个弟弟离家出走，去其他城市生活。真奈出生时，秀子三十九岁，做

---

* 黑辣妹：日本二十世纪九十年代流行的一种妆扮，女生用化妆品把皮肤涂成小麦色，再戴上彩色假发和假睫毛。

卡车司机，和雅美往来密切，但她工作很忙，在医院陪产的是雅美的外祖母。

真奈的父亲村田智则当时读高三，放学后一定会去妇产医院探望母女二人。孩子出生时，智则和雅美尚未结婚，但两人打算等智则高中毕业就去办结婚手续。还在读书的智则笨拙地给真奈换纸尿裤，喂她喝奶，积极地照顾女儿。那时的他遵守校规，穿着校服，头发理得整整齐齐，后发际剃得干净利落，给人留下整洁认真的印象。这对小情侣看上去像两个风马牛不相及的人，但其实他们是从保育园就认识的儿时玩伴，亲密无间。

雅美出院后，带着真奈回到武丰町内父亲的员工宿舍，大她两岁的哥哥也住在那里。屋子里只有两个男人，本就杂乱而缺乏整洁感，雅美又讨来一辆旧婴儿车放进了四叠半大的房间。她将秀子缝制的婴儿被褥铺开，把皮卡丘玩偶摆在上面——玩偶也是秀子亲手做的。

智则每天放学后同样会来这里探望，秀子偶尔也会来看看真奈。

智则和父母以及小他五岁的妹妹一起住在武丰町。他没有告诉家人真奈出生的消息。公司员工村田博之是他的养父，亲生父亲和母亲聪子在他上保育园大班的时候离婚，小学二年级时，聪子和博之再婚。聪子同意儿子与雅美交往，但雅美之前怀孕过一次，她以担心影响智则的未来为由，让雅美流掉了孩子。这对年轻的恋人害怕告诉聪子后又会遭到强烈反对，于是秘密地将孩子生了下来。

出院后，雅美将一封信和真奈的照片装在信封里，智则将其投入家里的信箱，以这样的方式告知聪子真奈的出生。聪子立刻去雅美和真奈住的员工公寓探望。看到屋里乱成一团，聪子说刚出生的婴儿不该住在这样的地方，便带真奈和雅美回了自己家。其间聪子对真奈呵护备至。

孩子出生前的往事的确繁杂，但不只双方的父母，两个家庭的所有人都为真奈的出生感到喜悦。可为何短短三年之后，真奈却不得不面对残酷的死亡呢？

如今，虐待儿童的新闻已经屡见不鲜。三十四岁的父亲将刚刚四个月的女儿推到接线板上，致其烧伤、全身九处骨折。六岁的女孩被送到医院时浑身都是瘀伤，不治身亡。两岁的男孩被二十三岁的父亲踹肚子，导致内出血死亡。永远有孩子死得惨无人道。

十五岁初中男生在濒临饿死前得到救助。年仅三岁和四岁的兄弟俩被和父亲同居的男性暴打后投进河中死亡。这类超乎人们想象的案件也时有发生。

二〇〇三年，日本的儿童咨询所接应的虐待咨询处理申请达到两万六千五百六十九件，比上一年增加百分之十一点九。这个数字在十年间增长超过十六倍。随着虐待现象引起人们的关注，在相关法律逐渐完善之下，虐待问题比以往更容易浮出水面，这是导致该数字增加的一大原因，但与此同时，虐待现象本身也变得多发起来。

日本厚生劳动省就补助金引起的全国儿童虐待现象，针对教育、卫生、医疗、福利、司法、公安等相关部门做了实态调查，结果显示，二〇〇〇年需要社会介入的虐待案约发生三万五千起，死于虐待的儿童至少也有一百八十名。真奈也是其中之一。不过也有人认为，该年度的全部虐待案应当不止这些。

　　进入二十世纪九十年代，人们普遍开始认为，养育孩子是一个痛苦而艰难的过程。曾有调查表明，抚养学龄前儿童的母亲中约有一成虐待儿童，约有两成随时可能出现虐待行为。也就是说，三四位母亲中就有一位养育孩子的措施不当。

　　这一切的背后究竟发生了什么呢？我从几年前开始倾听母亲们的感受。起初并未将话题限制在"虐待孩子的父母"上。只要对方家里有学龄前的儿童，愿意把育儿的情况仔细讲给我听，我就去和她们见面。尽管每家每户的情况略有不同，但母亲在幼小的孩子面前情绪爆发、对孩子言辞粗暴的情况比我想象中多了许多。

　　当三岁的儿子不听自己的话时，面相清秀的女人气得尖声责骂并打了孩子。住在平民区独栋房屋的女人不舍得打还在上幼儿园的孩子，却对其抛出"我不要你了！""给我去死！"之类的话。一位在郊外住宅区居住的母亲告诉我，她不堪承受照顾孩子的辛劳，于是不和孩子说话，也不喂孩子辅食，一整年只给孩子喝牛奶。这些母亲深深觉得自己无法自如地与亲生骨肉相处，为此感到自卑和痛苦。

　　而丈夫们是怎样看待妻子和孩子的呢？在母亲不恰当的教

育方式下成长起来的孩子们又会出现什么样的心理问题呢？我的疑问越来越多，采访对象的范围也逐渐扩大，囊括了孩子尚在幼儿阶段的父亲们、受情绪困扰的青少年和他们的父母。

在系列采访即将收尾时，我得到了采访真奈这起案件的机会。那是真奈去世后大概一个月的时候，随着案件的轮廓逐渐清晰，我本能地感觉到，此前采访的许多父母存在的问题，在引发这起案件的年轻夫妇身上都有典型的表现。因此，说这名幼女惨绝人寰的死亡是现代社会育儿环境引发的悲剧也不为过。

那之后的两年多的时间，我频频去名古屋旁听一审和二审的公开审判。倘若不能深入虐待儿童的父母的内心，就难以解开真奈的死因。公审开始一年多的时候，我下定决心给雅美写了一封信："我觉得你体会到的育儿的艰辛，是每一位普通母亲都体会过的。我本人也有孩子，也有育儿的烦恼。关注并反思真奈的死，或许会让我们看清母亲在现代社会中面临的困难。我想见你一面。"雅美回复我，她同意见面，于是我们在看守所会面后又开始通信。后来，我和智则也开始通信。

媒体对虐待案件的报道动辄向猎奇的方向发展，对于导致亲生子女死亡的父母，必定冠以"冷血"二字，展开激烈的批判。而大众为案情的悲惨所触动的同时，很容易把它看作与自己无关的、另一个世界的事。然而，我采访过的诸多父母和真奈的父母共同点其实相当多，为何只有雅美和智则跨过了那一条不可触犯的界线呢？

我想先从智则和雅美的人生轨迹入手。

第一章

逆境

I　雅美的孤独

　　一九七九年（昭和五十四年）四月，雅美出生于爱知县武丰町。父亲小野俊介是兵库县人，在钢铁工厂工作，负责吊装作业。母亲川口秀子是爱知县本地人。

　　俊介二十四岁、秀子十八岁时，两人结婚。他们是相亲认识的。俊介上司的妻子是秀子母亲的朋友，替两个孩子说了亲。秀子十九岁时生下长子，两年后雅美出生。雅美十八岁生下真奈，母女两代人都在十几岁就做了母亲。

　　还是新婚宴尔的时候，俊介就几乎每天都要去小钢珠店。秀子起初并未觉得不妥，以为俊介可能只有这一项乐趣，可没想到俊介花钱毫无节制，发下工资的第三天，他就把钱花光了。渐渐地，秀子养成了一个习惯：只要俊介发了工资，她就先尽可能地囤一批生活必需品。

　　长子出生时，俊介将从亲哥哥那里借来的生育费拿走一半去打小钢珠。公司发放的一次性生育金也被他拿去还债。秀子在采访中这样对我说：

"当时我问他为什么要去打小钢珠，他说觉得今天能赢钱。我大声说：有打小钢珠的钱就可以买米了。他却说：钱这东西没就没了，再多想也没用。我和他的交流总是这样。"

据秀子说，俊介不知道怎么给长子做出生登记。公司交给他的工作他大抵都能完成，不会出什么差错，然而在生活中却缺乏社会性。例如，他很难拒绝别人的要求。在后来的婚姻生活中，尽管家里已经揭不开锅，有段时间，由于无法拒绝销售人员的推销，他还是同时订了好几种报纸。

打小钢珠的癖好使俊介的工资总是在几天内就见底了，秀子只好带着孩子去名古屋市内借消费贷款。

"孩子还小，我没法出去工作。"秀子说。

俊介将她好不容易借来的钱从钱包里抽走。借款越来越多，以致每个月二十万日元的工资有十八万日元要用于还债。

"最后我什么也不想管了，一气之下离家出走。我跟儿子说，爸爸时间到了就会回来，让他乖乖待在家里。朋友的太太每天会去我家看看情况，公公和妈妈也会露面。能有两三个人照顾孩子，我就比较放心。"

秀子喜欢画画，当时是漫画同人杂志的一员。她托朋友的关系前往九州，在那边的酒馆工作谋生。

俊介带着长子和雅美住进秀子的父母家。家里住着秀子的母亲及其未登记的丈夫。俊介将工资全数交给岳父，请他帮忙还掉欠款，只从岳父那里领零花钱。

俊介的岳父是个性情暴戾的男人，喝醉了就大吼大闹，把家里弄得乱七八糟。雅美经常看到他在家里用玻璃酒瓶打外祖母，把狗踹死也是常事。吃饭的时候俊介不回家，醉醺醺的岳父往往会因为欠债的事向两个年幼的孩子发难，怒骂他们。

而秀子只跟母亲联系，从不和俊介、长子、雅美交谈。

雅美六岁时，秀子回到了名古屋。她在九州认识了一个男人，和其交往并同居，对方在名古屋找到了工作。这时，父母家已基本还清了秀子的欠款。秀子回到名古屋大约一星期后，继父、母亲和丈夫出现在她的住处，将她带回了家。俊介说，"只要你还在，我就别无所求"，没有追究她离家出走和在九州生活的事。

那时秀子已经怀上了恋人的孩子，但分开时未对恋人说起此事，孩子生下后入了俊介的户籍。她告诉过母亲孩子不是俊介的，但没有告诉俊介本人。

"小野的长相和其他孩子不同，他也许隐约知道那不是他的孩子。"

次子出生后，秀子又怀上了俊介的孩子。第四个孩子是男孩。一家人搬离秀子父母家，住进了员工宿舍。

新生活和秀子上一次离开前没有什么不同。俊介沉迷于打小钢珠，对家里不闻不问。秀子厌倦了这样的生活，在雅美九岁时，留下她和十一岁的哥哥、两岁和一岁的弟弟四个孩子，跟一位女邻居一起离家出走。听说她问过长子要不要一起走，长子说要留下，她便扔下孩子走了。秀子没有动过带雅美走的念头。她解释道："我离开家一个人生活，担心被逼到无路可走的时候会打骂雅美。我觉得与其那样，还不如让她留在家里。"

不难看出，打骂孩子在秀子看来是常事。

公审中，秀子站在屏风后面做证，以免旁听席的人看到她的样子。但在她说出这一切之前，雅美并不知道母亲曾经两次离家出走。她对母亲离家出走的那一天没有记忆，身边也没有人告诉过她这些。

父亲对孩子们缺乏照料。秀子离开后，家里几乎就没有打扫过，屋里凌乱不堪，垃圾丢得到处都是，用过的碗盘也没人洗。

发薪日之后的两三天，晚饭还可以吃便利店的便当，没多久父亲就在小钢珠店把钱花光了。之后一家人就煮之前买的米拌着酱油吃。父亲偶尔会跟朋友借钱，买来打折的鸡蛋浇在煮好的米饭上改善伙食。如果米也吃完了，孩子们每天就只吃学校发的午餐——就连饭费也经常没法按时交。实在没东西吃的时候，兄妹几个就用睡觉来抵御饥饿。

家里电话停机早就不是新鲜事了，还有过被停电后点蜡烛过夜的时候。因为没钱，就算孩子们生病也几乎没人带他们去过医院。雅美说，上小学时她最讨厌的就是收饭费等需要交钱的日子。她自己的零花钱不够，只能等着父亲发了工资再交。

雅美照顾两个小弟弟，骑自行车接送他们上保育园。从父母正式离婚到初中二年级母亲领走两个弟弟为止，一直是她代替母亲照顾他们。

秀子离家出走后，偶尔会打电话给雅美，问问家里的情况。哥哥发育迟缓的状况较为明显，初中起开始闷在家里不出门。雅美从小就成了父亲和母亲的依靠。她在给我的信中写道："那时我觉得自己必须永远是个乖孩子。""一切都是我一个人做。"

雅美记得，秀子离家出走后，曾打电话问过自己"喜欢什么"。她回答"小猫"，不久后，秀子就寄来一块垫板，上面有她画的小猫图案。秀子住处的邻街有做 T 恤和印章的店，可以用照片或者杂志内容做图案定制，秀子擅长画画，就画了一只小猫印在垫板上。

那块垫板对雅美来说是无价之宝，但她拿到学校，却被班上的男生嘲笑，说它是"奇怪的垫板"，她难过地哭了。这件事她至今无法忘怀。

四年级时，雅美和朋友一起偷了折纸和书信套装。同班同学发现后，给她取了"浑蛋小偷"的绰号。雅美有半年没去上学。不去上学，就没有饭吃。即使没饭吃，她也不去学校。父亲对她漠不关心，雅美找不到人可以倾诉自己的苦恼。

尽管如此，雅美仍然很爱父亲。她曾和哥哥一起去接一头扎进小钢珠店不回家的父亲。走在深夜漆黑的田间路上时，年幼的雅美和哥哥不知是怎样的心情。雅美说，即便如此，和父亲在回来路上去一趟便利店，买了便当一起回家就很开心了。

五年级的时候，雅美迎来初潮，是医务室的校医告诉她处理的方法的。郊游时带的便当、在学校要求用的东西上缝上姓名……雅美总在生活的不经意之处意识到母亲的缺失。她羡慕朋友们的生活，但她压抑着自己内心的情感。

　　雅美的家人几乎没有参加过学校举办的活动，不过父亲罕见地出席了她的初中入学典礼。一群打扮得光鲜亮丽的母亲之中，雅美的父亲穿着年轻时买的明显嫌瘦的西服，显得十分紧张。雅美很不好意思，但家人能来参加她的入学典礼，她还是高兴的。

　　一九九一年，雅美的父母协议离婚。大家建议雅美和母亲、弟弟们一起生活，但她拒绝了。她不想转学，也不喜欢和母亲同居的那个女人。雅美和父亲、哥哥三个人住在一起。

　　秀子每个月来看孩子们一次，时间固定在俊介发薪水后的第一个星期天。一家四口在那天出门买东西。秀子想在俊介把钱都用去打小钢珠前，把生活必需品买一买。每月一次和秀子的见面是雅美最开心的事。但秀子凡事总是先考虑自己的感受，不在乎雅美的情绪。雅美逐渐意识到不能依赖和自己若即若离的母亲，慢慢和秀子变成了朋友似的关系，讨论的话题大多不痛不痒。

　　雅美经常给母亲写信，但极少收到母亲的回信。母亲总是推说自己太忙。

II 欺凌、逃学、强暴

　　初中一年级的时候，雅美的学习成绩尚可，也很少缺勤。但二年级到三年级期间，她遭受欺凌，开始逃学。成绩单*上的评分都是"1"。

　　欺凌从高年级学生吐槽雅美的衣服难看开始，初三的时候，又有同年级的学生说雅美的坏话。我见了一位当年和雅美同年级的人，对方说雅美是个胆肤的学生，给人性格阴沉的印象。不过雅美肩上的重担大概是她的同龄人根本无法想象的。

　　秀子在公开审判中说："雅美和我说起过她的朋友在学校受到了欺凌，但我不知道那其实是她的事。"而校方当时更重视的并非雅美遭受欺凌一事，而是逃学。当年负责雅美的指导员说：

---

* 成绩单：日本学校用于记录学生学习成绩和学习情况的考评表单，考评分为五个等级，"1"为最低，"5"为最高。

"我们以为雅美逃学不是因为欺凌，而是要照顾两个弟弟。为了督促她上学，我大概去过员工宿舍两次，她家里很乱。我和她父亲谈过，希望他让雅美回学校上课，但她父亲只是'嗯嗯啊啊'地应和着，没有明确的回应。说实话，我觉得她父亲没有养育孩子的能力。"

这段时间，雅美的饮食依旧匮乏。她有时也自己做饭吃，但更多是在便利店买便当解决，如果没有钱就不吃。初中逃学的时候，还曾特意为了吃饭去学校。

雅美参加的社团是美术部，活动时间是星期六下午，学生们来时都带着便当，雅美的便当永远是面包和果汁。看到朋友们的便当，她总是想："都是带着爱意的饭菜，真好呀——"

利索地做饭、收拾屋子等稀松平常的生活技巧，是照顾孩子的重要技能。在这样的环境中，雅美是怎样学会做饭和其他日常的生活技巧的呢？

指导员家访时，曾亲眼见到雅美在杂乱无章的家里吃酱油拌饭。

"我做了三十五年的初中老师，雅美绝对是我见过的学生里不让家长操心的前几名。如果孩子的家境极为贫寒，校方可以联系地方的民生委员，办手续让学生领取行政补助。可雅美的父亲是有薪水的，所以他们领不到补助。"

经济困难到无法正常育儿的家庭，可以领取文具补贴和伙食补贴。会有民生委员（社会福利机构的民间协助者）定期到访这些家庭，确认孩子们的家庭状况，有时也会给父母提供育儿指导。民生委员制度自一九四八年成立。那时，家庭贫困占据了教育问题的很大比重。然而，雅美家的困窘源于父亲俊介沉迷于打小钢珠的恶习和母亲出走导致的家庭破裂，主要问题在于父母极度缺乏抚养能力或抚养意愿严重不足。

现在人们已基本达成了共识：父母对孩子的照料不够，就相当于忽视（育儿放弃），是一种虐待行为。法律也规定，教师需承担尽早发现儿童受虐待现象的责任和义务。疑似有虐待现象发生时，教师也有义务向专门接办虐待事件的儿童咨询所举报。但在雅美读初中的二十世纪九十年代，虐待的概念还未被大众所知，法律措施也不完备。

人们忽略了雅美的成长，这和时代的特征不无关系。这是一个家庭很容易在社区中被孤立的时代。例如，雅美在便利店买些面包、果汁或便当，就可以应付校园生活。二十世纪七十年代，日本开始出现便利店，八十年代起，便利店迅速扩张。便利店的繁荣离不开冷冻冷藏技术的进步、公路网络的完善、IT业的发展等工业社会的进步。模式化的待客方式使店员把孩子也当作寻常的客人看待，不会过多盘问。孩子们在生活中需要大人帮助的时候少了。同时这也意味着大人更难看清孩子的处境。

指导员说，雅美在老师们面前表现得很弱势，几乎不开口说话。曾有老师认为，雅美不说话是存在智力问题。但雅美寄给我的信中几乎没有错字或漏字，内容也很扎实。我不觉得她的智力不如常人。雅美在给我的信中这样写道：

在我看来，所谓的老师就算学生遭遇了欺凌也几乎发现不了。我觉得就算向他们求救，他们也不会警觉。

雅美无意向以老师为首的成年人求救。后来，她在育儿过程中不信任、不依靠政府机构，都与她年少的记忆不无关系。

只不过，雅美初中时也不是完全孑然一身。她参加美术部，画的油画还曾在武丰町立图书馆展出。社团活动中，她也曾和朋友一起边吃偷偷带进学校的点心边聊些没营养的话题，曾隔着窗户远望自己喜欢的棒球部队员。一审最终辩论阶段当庭诵读的辩论主旨中说道："读初三时，雅美的朋友是最多的，自觉和老师的关系也很好。"想必这与校方做出的努力也有关系，如果雅美连续三天不来学校，学校就会派人去家里探访。

这段时间，雅美和小时候的好朋友大月信子成了同班同学。信子的父母也离婚了，两个女孩的经历有共通之处。秀子在每个月星期天回家一次，一家人去购物时，信子也曾一起去过。信子与雅美一直保持着联系，案发后也见过面，两人还会给彼此写信。

尽管经常饥一顿饱一顿，雅美依然过着"普通初中生"的生活。也许正因为如此，老师们才忽略了雅美遭受的忽视。

初中毕业后，雅美在紧邻武丰町的半田市某纺织工厂就职，她住在员工宿舍，一面工作一面读定时制高中*。

---

* 定时制高中：日本的公立高中分为全日制高中、定时制高中、通信制高中三类。定时制高中实行部分时间制，通常每日四个课时，以夜校为多，也有专开昼间课程和昼夜并设的学校。

新生活开始大约一个月后，她遭遇了强暴。

那是五月的一天，雅美从宿舍回父亲和哥哥的住处时被人搭讪。她没有理会，对方却抢先一步绕到前面的路上埋伏着，等雅美路过时把她推进车里。雅美以为自己"可能会被杀掉"，在汗毛倒竖般的恐惧中，被对方殴打、强暴。这是她有生以来的第一次性体验。

雅美脸上顶着一大块瘀青回到家，立刻告诉父亲自己被人打了。但父亲什么也没说。她的脸肿得老高，但只得自己冰敷。

雅美写信给母亲秀子，告诉她自己的遭遇。平时几乎不回信的秀子，这次立即来家里看望雅美。听雅美说完事情经过，秀子说要带她去警署和医院。但雅美说自己不好意思去，秀子也就不再坚持。雅美最怕的是怀孕。秀子安慰不安的她说，"先看看情况"。对于没有报警也未去医院一事，秀子这样解释：

"小野（俊介）也没说要带孩子去。既然女儿觉得羞耻、不想去，做父母的怎么能非要带着她去呢？"

遭遇强暴，是伴随极度恐惧和无力感的经历。自尊心和自我肯定感都会明显降低。这时需要有人在身旁坚定地给予鼓励和支持，告诉受害者：错不在你。作为父母，完全有必要带孩子去医院做一次仔细的检查，告诉孩子可以选择不必向卑鄙的犯罪低头，毅然决然地报警。但秀子并不具备引导孩子做出这些举动的能力，恐怕俊介也是一样。

遭遇强奸后不到一个月，雅美就辞职了，也退学了。据说起因是她为袒护一位受欺凌的好朋友，使自己受到牵连。自尊心刚刚遭受严重打击，又卷入人际关系的纠纷。如果说那时的雅美失去了内心的支撑力量，也不足为奇。

雅美不再尝试用工作和学习来开辟未来，而是过上了飘萍一般的生活。

III　沉迷游戏的孩子

　　村田智则一九七九年七月生于京都府福知山市。父亲后藤建治、母亲吉川聪子都是兵库县人。

　　父亲后藤从事建筑工程相关工作，认识了在老客户那里打工的二十三岁的聪子，两人交往并结婚。一年后智则出生，又过了两年，智则的弟弟出生。不久后，后藤不顾聪子的反对，自立门户做起建筑工程相关的生意。然而，他创业失败了，负债累累。为了还债，夫妻俩不得不带着年仅三岁和一岁的两个儿子辗转于各个工地。聪子既要抚养孩子又要一个人忙活，准备将近三十人份的晚饭。在育儿和家务上，丈夫都不曾分担一分一毫。不仅如此，丈夫一借来消费贷款就拿去玩花牌或打小钢珠。对原本就反对丈夫创业的聪子来说，这样的生活简直是备受煎熬。

　　公审中，聪子也隔着屏风，在旁听席看不到的位置出庭做证。她和律师之间有这样的对话。

律师："这样一来，那你和智则接触的时间就减少了吧？"

聪子："确实如此。不过，养孩子最重要的是让孩子吃饭。虽然我不太有时间照顾他们，但只要时间允许，我还是想做个好妈妈的。"

此外，聪子承认她经常对年幼的智则动手。智则还不记事时就在母亲的打骂下长大。也许是不如意的生活给聪子带来的愤懑需要以某种方式发泄吧。可是，智则从来不曾反抗过母亲。

小时候的智则和妻子雅美一样无法做自己想做的事。他只是尽量不妨碍到被迫与生活对抗的母亲，他是个好带的孩子。

不料，本已举步维艰的生活又发生了变故——母亲稍不留神，智则一岁的弟弟追着哥哥跑出工地，被从附近驶过的列车轧死了。聪子往常准备多人份的饭菜时，都是将次子捆在桌上，那天觉得孩子太可怜就解开了绳子。然而，悲剧就在转瞬间发生。

听到警示声传来，聪子才发现次子不见了。她冲出家门，跑到铁道口，看到次子在落下的遮挡栏里面，而智则已经跨过道口，来到自己这一侧。列车开过来时，弟弟想跟着哥哥一起过道口。聪子在法庭上讲述了当时的情况：

"我不敢叫次子。生怕他听到我的声音，反而会横穿铁路过来。但如果我跑过去，智则可能又会跟上来……我只能祈祷次子不要再往我们这边走。"

智则说，母亲从未和他聊起过那场事故。聪子公审时说：

"我一心想让智则忘却那场事故，想让那件事从他的脑海里消失。"

只要不触及这一事故的任何记忆，假装智则不曾有过一个小弟弟，他就不会感到受伤，就可以活下去——聪子大概是这样想的。但这种处理方式，不会反而令母子关系变得扭曲吗？

不知聪子本人是怎么从这起残酷的事故中走出来的，也不知她是否曾认为事故的原因是自己没能尽到母亲的职责。她一定曾饱受自责和悲伤的折磨，但是否有人体谅过她的感受，抱着她、安慰过她呢？至少丈夫没有体谅和安抚她的悲痛。事故发生后，后藤依然沉溺于赌博，一家人依然过着贫穷的生活，家里有时还因交不起燃气费而停气。二十世纪八十年代中期，泡沫经济开始发展。夫妻俩的关系日渐恶化，聪子已经有了分手的念头，但两人的关系还是有过一阵短暂的缓和，智则五岁的时候，妹妹出生了。聪子在公审中说："为了让智则忘掉弟弟，才生了妹妹。"

然而，智则上保育园大班的时候，夫妻俩还是离婚了。聪子在朋友的帮助下搬到武丰町。她没有选择回到父母身边，或许另有隐情。从那以后，聪子便在这片陌生的土地上求生，靠打零工和领取低保金抚养两个幼小的孩子。

搬到武丰町后，智则进了青青保育园，当时雅美也在这家保育园。智则、雅美和同班的孩子一起踩三轮车，在泳池里玩，度过了一天又一天。升上小学后，雅美在二年级时搬去父亲的员工宿舍，就此转学。

此时聪子在外打零工，智则和一群调皮的孩子成了朋友，放学后经常一起玩耍。他遭遇过欺凌，也遭遇过车祸。母亲时常顾不上关爱他，不仅如此，依旧经常打他，觉得用手打手疼，就改用掸子或吸尘器打。据说智则是个听话的孩子，所以聪子打他并没有什么具体的理由。生活颇为艰辛，聪子也几乎不曾尝试触及智则的内心。她自认在意智则的感受，却在一些方面控制着孩子，在另一些方面放任孩子自由发展。

审判时提到这段时间的往事，智则是这样说的。

律师："（母亲打你的时候）你有没有抵抗或者逆反过？"

智则："基本没有。"

律师："你知道自己为什么不反抗吗？"

智则："不知道。"

律师："你觉得母亲是个怎样的人？"

智则："以自我为中心的人。"

律师："那时候你喜欢母亲吗？"

智则："不是很喜欢。"

律师："为什么呢？"

智则："因为她以自我为中心，说的和做的不一样。那段时间我没有快乐的回忆。"

律师："你每天放学回家，母亲都不在家吗？"

智则："是的。"

律师："当时你寂寞吗？"

智则："倒是不觉得寂寞。"

智则早早地放弃了对母亲的期待和依赖。

智则小学二年级时，聪子开始和福冈人村田博之同居。博之当时在临海工业区的某家大企业上班。

一年后也就是智则小学三年级时，聪子与博之再婚。据说聪子决定与博之结婚的根本原因是他懂得疼孩子。智则和妹妹成为博之的养子养女，改姓村田。年幼时家境贫苦，弟弟遭遇事故丧生，父母不和，在陌生的土地上跟妈妈相依为命，母亲和男人同居，新父亲的出现——智则的童年漂泊不定，生活长期处于剧烈的动荡之中。

智则的成绩从小学就很好，尤其擅长数学。小学三年级时，他第一次接触游戏机。即使有课也要大清早起来玩游戏，休息日几乎从早玩到晚，整日痴迷其中。只要有游戏可玩，他就能忘记一切。直到十几年后案发当时，他的这份专注也未曾改变。

听同年级同学说，智则住在武丰町时曾因改姓受过欺凌。他上四年级时，一家人搬到武丰町毗邻的半田市，欺凌仍然在继续。公审时，聪子表示自己对智则上小学时遭遇欺凌一事毫不知情。智则说，自己当时不想告诉母亲，觉得母亲帮不上什么忙。到了初中，他还是被欺凌。吃午饭、分组学习时被同学们排挤。直到校方联系聪子，她才了解到此事。遭遇欺凌时，智则不仅没向母亲求助，也没有告诉父亲或老师。他竭力不让自己把事情看得多严重，静静等待风暴平息。玩游戏是他打发时间的最佳方式，也是最好的避风港。

不仅雅美不懂得如何信赖大人并向他们求助，智则也是一样。两人为真奈的发育情况担忧时，没去找官方机构咨询改善的方法，或许和他们的成长经历不无关系。

智则是怎样看待养父博之的呢？他在信上告诉我，博之带他去过游乐园、动物园，还和他一起打过麻将、钓过鱼，两人之间有过许多快乐的回忆。智则还说，博之是个生气时会一本正经地生气的父亲。真奈出生时，智则也曾经告诉自己，要做一个像博之那样的父亲。他在给我的信中这样写道：

> 一直以来，村田是我做父亲的榜样。其实这也是因为我几乎没有和后藤相处的记忆了。村田对我来说更像亲生父亲。只是事到如今，这两个人在我心里是一样的——都是做过我父亲的人罢了。

智则在其他的信里写到，他不再把博之当父亲，是在自己被捕三个多月后博之才来和他会面，一见面就告诉他要解除养父子关系的时候。智则十二月十日被捕后，博之三个多月都没来见他。

> 他没来的那段时间，我也没想太多。不如说，我压根没想过他会来。

智则的文字中透出一股清醒：自己犯了案，养父不来探望也是理所应当。博之也无意帮助引起社会轩然大波的儿子脱离困境，而是选择和他断绝父子关系。前面写过，智则上小学、初中的时候遭遇欺凌却不向父亲求助。可见对智则来说，博之并不是能让他放心托付一切的父亲。

　　智则如愿以偿地考上了名古屋市内的私立工业高中。同一所学校中，大概有一半学生毕业时选择升学，另一半直接就职。高一时，智则进的是选拔出来的班级，同班同学都是希望毕业后继续求学的学生。高二时，他决定毕业后不再求学，主动换了班。

　　在社团活动方面，智则参加了吹奏乐部，吹小号。他还曾参加过全国大赛，却在高二寒假刚结束时放弃了这个爱好。理由是社团里有他讨厌的高年级学生，他和低年级学生也相处不好。面对这样的情况，智则依然没有积极解决问题，而是退后一步，静待风波平息。

　　智则所在学校的教导主任回忆起当时的情景如是说：

　　"智则当时成绩优秀，性格开朗，朴实而坦诚。他竟会犯下这样的罪过，我感到不可思议，相当吃惊。他毕业后就职的公司也曾告诉我们，他工作态度十分端正。"

　　校规规定男生要留露耳短发或平头。上学时，智则一直严格遵守着规定。案发后，看到电视和报纸杂志上登出的智则的照片，教导主任和智则曾经的社团朋友都大为震惊。照片中的他留着齐肩的黄色头发，是他在成人典礼上拍的。"村田变了。"朋友们异口同声地说。

　　智则的这一变化，与雅美有关。

IV 男朋友和女朋友

　　武丰町距离名古屋车站乘名铁河和线急行约四十分钟，位于知多半岛中段，是一座临海工业区的城镇。

　　这里原本是一个带着乡土气息的小渔村，明治时代，随着港口和铁路建设，武丰町成了向中京地区运输物资的集散地，不久后又成了对外贸易港湾，进口的棉花、中国大豆、鸡饲料等产品都在这里卸货，撑起了区域产业的发展。

　　经济高速增长期令武丰町的面貌发生了巨大的转变。一九五七年，包括武丰港在内的衣浦湾内的八个港口被国家指定为重要港湾，统称衣浦港。与此同时，政府通过填海在沿海区域建起了临海工业区。曾经高低起伏的知多湾失去了原本的海岸线，变成了广阔的工业土地。旭硝子、日本化学工业株式会社、中山制钢所、中部电力武丰发电所等大型工厂接连进驻此地。K制铁也从旁边的半田市川崎町扩张了一部分占地到武丰町。智则上班的 K 制铁子公司知多营业所就在这片区域之中。

一九六〇年，经济高速增长初期，武丰町的人口是一万七千人。一九八〇年达到三万四千人，整整翻了一倍。现在这个数字约为四万*，外来人口和本地人口的比例几乎相同。劳动人口中有四分之一在名古屋工作，四分之三主要在当地的工业区工作。

来到武丰町采访后不久，我就听到这样一个说法："一看住的房子，就知道谁是外地人，谁是当地人。"受访者中，学校老师和福利机构的公务员等大多住的是宽敞的家宅，园子很大，里面的一草一木都是经过精心打理的。

而外地人的住宅都很小。我采访过初中毕业来武丰町务工，后来做到市会议员的人，对方住的是整洁而小巧的商品房。在工业地区的工厂上班的工人中，还有人和父母一起住在火柴盒似的老旧杂院里。

我还听说，祖祖辈辈生活在武丰町的人在当地被称为"大老爷"，新市民则被称为"外乡人"。据说"外乡人"这个词里带着讥讽的意味。在两批人的影响下，伴随传统家宅传承下来的陈旧价值观仍旧扎根于武丰町，外来人口又使得人与人的关系变得比从前淡漠了许多。

名铁河和线知多武丰站附近到了晚上就漆黑一片，亮着光的只有附近的购物中心、小钢珠店、便利店、游戏厅。不良少年、

---

* 本书日文版第六刷发行于二〇二〇年七月（二〇〇七年八月初版），简体中文版相关数据依照原版内容，未做更动。

暴走族等当地的孩子们像被光亮引着似的，在这些地方聚集。当中既有当地土生土长、在镇上或隔壁的半田市临海工业区工厂工作的人，也有外乡来的人。

孩子们和生长在这片土地的父母不同，几乎对未来没有期待。父母一代相信，只要拼命工作，日子一定会越过越好。但映在孩子们眼中的，却是一成不变、无限延续的日常。恋爱成了孩子们最关心的事。爱才是人生最珍贵的东西——这是孩子们主流的思维方式。

一九九五年左右，雅美辞职后逐渐成为这群少年中的一员，自幼相识的初中密友信子也经常陪在她身边。雅美用父亲给她的零花钱邮购迷你裙、厚底凉鞋等服饰，将头发染成红、粉、绿等奇异的颜色。她不化妆。因为母亲不化妆，她觉得自己也不应该化妆。

外祖父那时已经不在外祖母家，于是雅美总是自由出入，有时也回父亲家。她随着自己的心意，想住在哪里就住在哪里，不顾父亲、外祖母、母亲等所有人的干涉。雅美在给我的信中这样写道：

> 那时我感到自由而快乐。无论把头发染成什么颜色、穿什么样的衣服都没人说我。印象中，那段时间很开心。

初中在老师面前谨小慎微的雅美，在此时展现出自己自由奔放的一面。

也是在这段时间，她开始和异性交往，和好几个男人做爱。我之前也采访过十几岁生孩子的女孩们，她们对待性事都很随意，有好几位性伙伴。一旦认真起来，和对方性交时就不会避孕，从而留下情感的结晶。性是她们与人交往的途径。雅美还和交往中的男友在外祖母家住过一段时间。当时她向母亲秀子介绍对方，说两人今后打算结婚。但不知道什么时候，这段恋情就不了了之了。

雅美交往过三个她承认的"男朋友"。在这位曾住在外祖母家的年轻人和智则中间，还有和她同岁的暴走族斋藤宏。宏那时在当地企业的工厂做焊工。

雅美对那段感情很认真。她还曾在外祖母家的镜子上用魔术笔写下："阿宏是我的命。"她在给我的信中写道："宏有种吸引人的力量。"她开始在晚上出去玩，也是受了宏的影响。她坐在少年的摩托车后座，伴着发动机的轰鸣飞驰在昏暗的街道上。

> 遇到阿宏之后，我的世界才变得宽广……那会儿天天晚上都在外面玩（笑）。

雅美在信中这样写道。

她还曾玩过了头，因擅自将别人停在车站的摩托车开走被带去警署教育。当时父亲员工宿舍的电话因为未缴费而停机，警方联系了母亲来接她。

在真奈的案件发生后一个半月左右的时候，我见到了宏。

他的头发漂成银白色，打扮得像个情场老手，一看就是会吸引年轻女孩的那种有魅力的年轻人。我告诉他想就真奈的案件进行采访，宏稳重地做了自我介绍："我是雅美的前男友。"

这位前男友说："雅美那时候和很多男人做爱，把他们的名字一一写在房间的墙上。我不想和这样的女孩做爱，所以没和她做过。"

雅美也在信上说自己没和宏发生过性关系。也就是说，她和好几个男人做爱，却没和男朋友做。性爱的有无和亲密程度未必一致，即使如此，雅美还是希望通过性确定两人的深切羁绊。

> 阿宏和很多人亲吻，从不介意我的感受。我和阿宏一次都没做过，这让我很受打击。我一直很介意：他为什么不和我做爱呢？

对于宏说的自己会在房间墙壁上写下做过爱的人的名字一事，雅美明确地否认，认为那是他胡编的：

> 阿宏他……其实没有……进过我的房间——只进来过一次，但也就待了五分钟，我也没在那间屋子里写过男人的名字。（略）他为什么要说那样的谎话呢？真让我失望。……很早以前他就说谎骗过我几次，我那时就想：他果然是个骗子。但知道他说了这种话，我还是很受打击。……我现在觉得，阿宏或许只是和我玩玩而已。

无论雅美多么希望和"男朋友"产生联结，两人之间还是没有达成信赖。

雅美和朋友的关系也是扭曲的。采访时，我听到一种好笑的说法：雅美曾在泡泡浴店打工，在那里和智则重逢。以贬低遭遇悲痛打击的朋友为乐，仿佛是一种变相的欺凌，雅美的交际圈并不健康。青春期本该是脱离父母的怀抱，通过交友逐渐社会化的过程，但雅美依然没有交到可以彼此信赖的好友。

实际上，雅美和智则的重逢是在一九九六年十月。那是传呼机的鼎盛时期，一种年轻人流行的游戏促成了两人的重逢：在传呼机上随机输入号码，等待对方回应，结交陌生的朋友。雅美就这样认识了和智则同一所高中的同学，两人在这个同学的介绍下见面。

一年多前，雅美刚上高中时，还遇到过一个保育园时的同班同学。那个同学和智则来自同一所初中，给雅美看了毕业相册上智则的照片，告诉她智则和他们是同一个保育园的。雅美在那时得知了智则所在高中的名字。

两人见了面，智则的面容中还带有保育园时期的影子。雅美觉得他很帅，想和他交往。见面时，雅美染着金色的头发，穿着超短裙，也许是因为气场强大，智则觉得她有点像男生。当时雅美说智则讲话很有意思，和她的想法一致，这令智则眼前一亮。智则在给我的信中这样写道：

（第一次见到雅美的时候）我和她说起话来感到很安

心，总之是能放松地和她聊天，这一点我觉得很好。不过说实话，那时我不过是对她有莫名的好感，至于理由，更像是之后加上去的。

智则主动表白后，两人开始交往。对于一直不和旁人往来的智则来说，雅美或许是将他从孤独的世界中拽出来的人吧。智则也开始和雅美那些晚上一起游荡的朋友玩，陌生的世界在他的面前敞开。雅美无论走到哪里，都带着老实巴交的智则。这似乎是两人最开始的相处模式。

一直处于母亲强势支配下的智则，当时一定也有逃离支配的渴望。或许他希望由雅美替代母亲的位置，成为指引他方向的人。然而，雅美却是一个没有自信、无依无靠的引路人。

雅美在给我的信中写到，她和智则交往后才感到内心的安稳。曾经和好几个男人保持性关系的她对"男朋友"的渴望，恐怕不仅仅源于希望男孩子认同自己的性魅力导致的单纯的焦躁。雅美无法以学业或工作为跳板设想自己的未来，想找到出路，只有通过成家的方式使自己安定下来。对她来说，结交异性是将人生与现实社会联结起来的一种方式。

两个人都为了活下去而切实地需要对方。"爱情""恋情"等美丽的辞藻粉饰了他们的关系。

然而，他们却并不是相互扶持的关系。他们不关心彼此想什么、为什么烦恼，也不试图走近对方。非但如此，两人还没有关注自己内心的习惯，只满足于"男朋友"和"女朋友"

的身份，为此而感到安心。

法院审判二人时，从事犯罪心理鉴定的日本福祉大学教授加藤幸雄如是说：

"我问雅美：你喜欢他哪里？她什么都答不出来。譬如他很可靠、觉得他像自己的父亲等根本性的理由一个也没有，雅美给出的都是诸如他会说话、会开玩笑等浅层次的回答。"

尽管如此，两人仍然发展成热烈的恋爱关系，愈发难舍难分。

有一次，智则凌晨两点还没回家，聪子担心地上街四处找儿子。到了早上，儿子总算回来了，却告诉她："我和女孩子在一起玩。"那是智则第一次和雅美一起过夜。聪子听了很惊讶，却觉得智则毕竟是男孩子，发生这样的事也不稀奇。可当她知道对方是雅美后，便开始反对两人交往。雅美五颜六色的奇怪发型和目中无人的态度是她反对的理由。据说她还告诉智则："你要和聪明的女孩交往。"

智则成绩很好，是令聪子感到自豪的儿子，也是她未来的希望。从未反抗过聪子的智则，这一次选择正面和母亲对抗。公开审判中，智则被问到至今为止的人生中不甘到想哭的是哪一刻，他的回答是：刚开始和雅美交往就遭到母亲反对的时候。

新年过后没多久，智则就开始逃课、离家出走，在雅美的外祖母家住了两个多星期。聪子想起两人曾经是保育园的同级学生，便到智则小时候的住处附近找儿子。半路撞上两人，聪子只抓住没来得及逃走的雅美，将她带回了家。聪子觉得只要这样做，智则就会回家。果然，智则当天就回来了。

智则告诉母亲，他就算退学去打工也要和雅美在一起。希望通过工作自食其力的智则，对现实究竟有多少考虑呢？聪子一面斥责他，一面向他提了一个建议：不妨和雅美一起住在家里，直到从学校毕业。聪子在公开审判中这样说：

"我让智则好好考虑到底怎样做对自己更好，想清楚了再回答。他想了一个小时，然后做出了对自己好的选择，他告诉我会回去上课。"

新生活开始前，聪子将雅美的父母——秀子和俊介叫到自己家。

秀子说："雅美跟我说吉川想见我，问我能不能去，我就去了。去了之后我才听吉川说两个孩子要住在一起。她说他们俩离家出走，她把两个人带回来了，她也不希望儿子就此不去上学，所以同意让雅美住在她家。她问我，如果两人以结婚为前提交往，我是否能接受，我就回答：'好的。'"

秀子在公开审判中提到，她那时认为聪子是一个强势的人。但她觉得，与其让雅美和哥哥一起住在俊介那间狭小的宿舍，还不如让她待在智则家，聪子或许还能监督她。俊介也没有反对。

据秀子说，这时的雅美和智则像是只要能住在一起就很开心了，除此之外别无所求。"如果雅美愿意，我们也没法反对。"这就是秀子的说法。尽管聪子提到两人以结婚为前提交往，雅美的父母却几乎毫不关心女儿的男友是怎样的人。看上去像是顺着女儿的意，实际上是顺其自然、放任自流。

两人在聪子的包办下开始同居。聪子当时受雇于一家酒馆做妈妈桑，家务活便交给雅美来做。

这起离家出走的骚乱使智则有两三个星期没去位于名古屋市内的高中上课。他的父母因此被一同叫去学校与老师谈话。该校的教导主任因此事见到智则一家，但只和他们谈了五分钟。

"我当时以为智则和他的女友发生了性关系。所以只是叮嘱他：'这样可不行''给我小心点儿'。"

教导主任的意思大概是：你可不能和人家做爱，小心让人家怀孕。那之后，智则若无其事地回来上课，教导主任以为两个年轻人已经分手。直到案件发生，媒体开始报道真奈的死讯，他才知道智则上学时一直和雅美同居，并在高三那年的十一月做了父亲。

和校方谈话时没有提及智则和雅美同居一事，多半是聪子的决定。智则的母亲和生父已经离婚，那天来学校的村田博之是智则的养父，这一点，校方当时也不知道。

聪子不打算告诉校方家里的真实状况，在和学校建立起信赖关系的基础上抚养孩子。后来，聪子曾在和保健中心商量之后，代替无法好好照料孩子的雅美和智则抚养真奈。但那时她也没有主动和保健师建立信赖关系，不曾请求对方的帮助。这是导致公共机构介入却仍没能挽救真奈的潜在原因之一。

聪子是一门心思担心儿子前途的母亲。只不过，她惯于以自己的判断为结论，掩盖自身的缺点，按照自己的想法安排周遭的人和事。

聪子没有接受我的采访，所以我不清楚她有怎样的成长经历。在智则年幼时她便住在工地，又在困窘的日子里失去次子、离婚、领取低保度日，再婚后终于过上了"寻常人的生活"，她努力抹除过去的痕迹顽强地活下去，不想让别人在背后戳她的脊梁骨。长久以来凭着自己的力量生活的聪子不相信身边的人，就连自己的儿子也不相信。

对智则来说，雅美是他从母亲的掌心逃脱的一张王牌。母亲却将儿子和雅美牢牢抓住，绝不放手。

第二章

出生

I 流产和分娩

雅美刚在智则家住下就怀孕了。那是一九九七年的一月，雅美说，她和智则商量后决定留下这个孩子。智则还要一年多才能从高中毕业，如果这时候有了孩子，生活会变成什么样呢？两个人考虑得足够成熟吗？他们真的清楚迎接一个新生命需要担起多重的担子吗？

秀子说，得知雅美怀孕时，两个年轻人正处于幸福的巅峰，似乎压根没想过会遭到反对。秀子告诉雅美，只要雅美想生，她就支持。

聪子强烈反对两人生下孩子。她在公开审判中说："智则当时还在上高中，考虑到他的未来，我很担心。我觉得，等他从学校毕业之后，经济足够充裕了再要孩子也不迟。"她告诉智则："生下孩子太丢人了。"她对雅美说的是："周围的人都看着呢，我不想毁掉智则的人生。"

公开审判中，律师问智则："你当时没想过把孩子生下来，两个人一起试着把他养大吗？"

智则回答："我不知道。"

"你没跟母亲反抗吗？"

"我不知道。"

聪子将秀子和俊介叫到家中，和智则、雅美一起商量了一番。秀子去聪子家前告诉雅美："无论聪子说什么，我都会帮你的。"

聪子强势地说："如果孩子生下来，登记了，学校就会知道这件事。这样就难办了。你们心疼自己家的女儿，我也一样心疼我儿子。我不希望毁掉儿子的未来。"她还说："他们两个这么年轻，孩子很快还会有的。"

这次谈话中，雅美和智则没有坚持。秀子也没说话。俊介赞成聪子的看法。给雅美做人工流产手术的事就这样定下来了。聪子补充道："因为智则也有责任，手术费我们对半分吧。"

秀子再一次真切地感受到聪子的强势，她说自己也产生了疑问：继续让雅美住在聪子那里真的好吗？然而，她并未采取任何具体行动。

单方面被告知要接受人流手术的雅美对聪子怀恨在心。但她没有向聪子发泄情绪。

手术当天，智则和秀子将雅美送到医院，但雅美是一个人接受手术的。手术结束后，秀子给她发了消息，然而在雅美最失落的时候，她的身边空无一人。她独自回到聪子家，智则放学回来见到雅美，轻轻抱了抱她。

不久，雅美开始向秀子抱怨自己必须在聪子家做家务，随后住回了父亲的员工宿舍。她继续和智则交往，二月份再次怀孕。两人这次没有告知聪子，而是和秀子商量，最终由秀子和俊介向他们提供了经济上的支持。

俊介的宿舍只有两个房间，屋里摆满了东西，垃圾扔得四处都是。一家人收拾出四叠半大小的空间，将从朋友那里借来的婴儿车放进屋里。秀子和雅美一起给将要出生的孩子选了衣服，缝了被子，还做了皮卡丘的布娃娃，等待第一个孙辈的出生。智则也翘首以待。他每天都到宿舍看望雅美，有时还贴着她的肚子听宝宝的声音。

六月，俊介发了奖金，立刻用这笔钱在秀子居住的小镇车站前的照相馆给两个年轻人拍了结婚纪念照。还不太显怀的雅美穿着婚纱，智则穿着西装。拍照是为了制作明信片，告诉朋友们两人结婚的消息。

一九九七年十一月二十日清晨四点刚过，真奈出生在武丰町内的妇产医院。正常分娩，体重三千零五十八克。母子平安。

生产时陪在雅美身边的是秀子的母亲，也就是雅美的外祖母。雅美记得自己生下孩子后疲惫地睡了一觉，睁开眼，看到了外祖母牵挂的目光。从她小时候起，外祖母就一直断断续续地扮演母亲的角色。

雅美等到六点半，用传呼机告诉智则孩子出生的消息。智则先赶到医院见了雅美一面才去上学。在法庭上，被问到至今为止的人生中最高兴的是哪一刻时，智则的回答是"真奈出生的时候"。智则承诺高中一毕业就和雅美登记结婚，于是真奈出生登记的时候，只登记了母亲的名字。

到底是十八岁的年轻妈妈，雅美的身体恢复速度之快让护士们都感到吃惊，母乳多得仿佛要流出来。雅美住院期间，智则每天放学都会去探望，给孩子换纸尿裤。起初换得不顺手，但对两个人来说，这一切都是甜美的回忆。

出院时的体检显示真奈的心脏有杂音，年轻的父母很是担心了一阵。但一个月后的体检又显示没有异常，两人总算放下心来。

从这时开始直到雅美被捕，秀子每天都和雅美发消息联络，但一星期大概只打一次电话，大概一个月见面一次。

雅美给聪子写了一封信，在信封中放了真奈的照片，智则将信放在了自己家的信箱里。两人以这种方式告知聪子真奈的出生。聪子立刻到俊介家中探望，家里又脏又乱，还有异味。聪子说这样的地方不适合婴儿成长，将孩子和雅美一起带回了自己家。

聪子疼真奈疼得不得了。虽然雅美隐瞒了怀孕的事让她有些生气，但此刻她反而觉得，之前还是瞒着她更好。

II　雅美的幸福

　　决定带着真奈再一次搬进聪子家，是因为雅美想和智则一起生活。雅美在法庭上说，聪子告诉她："家务都由我来做，雅美只要照顾真奈就好。"聪子则说："我可能是对雅美说过不用做家务也行，但具体是怎样说的我记不清了。"曾经和智则同居的雅美之所以住回俊介家，就是因为不想被逼着做家务。"不用做家务也行"这番说辞，大概表达了聪子无论如何也想把真奈留在身边的心情。

　　聪子说，雅美当时确实有尽力疼爱真奈。雅美给真奈拍了相当多的照片，毫无疑问，她当时是爱真奈的。尽管如此，十八岁的年轻母亲在育儿方式上的确令人忧心忡忡。聪子谈到了这一点。

　　雅美喂真奈喝奶的时候让孩子躺在床上，在其脖子周围缠一条毛巾，用来立起并固定住奶瓶，把奶嘴放进孩子嘴里。孩子吃奶的时候，她便坐在床上干自己喜欢的事。婴儿吃完奶必须抱起来拍背，把嗝拍出来才行。但就算真奈的奶瓶空了雅美也不管，于是真奈吐奶，弄湿了衣服和脖子四周，最后把脖子都沤烂了，一片红肿，还有一股臭味。

雅美在信上写到，只要她不累，平时都会抱着真奈喂奶。孩子刚出生的那段时间吃的都是母乳，雅美说的想必不是假话。只是，她拍的孩子的照片中，也有不少用奶瓶给躺着的孩子喂奶的情景。秀子也见过雅美喂奶时不抱孩子。恐怕雅美喂奶时没少让真奈躺着。

秀子说，她的孩子们小的时候，自己喂奶时也是不抱孩子的。据说母亲生完孩子后，不用人教就会依照自己被父母抱在怀中的记忆对待自己的孩子，用和父母同样的动作喂孩子吃奶。育儿也是唤醒自身记忆的一种方式。对雅美来说，喂奶时不抱孩子，是从母亲那里继承来的、极自然的做法。

聪子提醒雅美，喂真奈喝奶的时候要把她抱起来，让真奈听到母亲的心跳，纸尿裤和衣服要勤换，要给孩子用甜甜圈形的枕头，保护好脑袋的形状。聪子给雅美提了许多建议，在雅美听来，这些建议和抱怨没什么区别。她能做的只有无声地反击。

在法庭上，雅美说自己的育儿方式是从母亲秀子那里学来的。秀子则表示："雅美没怎么问过我有关育儿的事。她从小学到初中都在照顾弟弟，所以在带孩子这一点上，我对她很放心。"但雅美在育儿过程中确实有过困惑。她在给我的信中这样写道：

我大概从初中起就一直照顾弟弟，所以换尿布之类的事对我来说很轻松。可到了自己生、自己养的时候就完全不一样了。对我来说，一切都是新鲜的、陌生的。

搬到聪子家后不久，二月份，智则和雅美带真奈一起去京都参加聪子亲戚的法事。真奈从宾馆的床上摔下来，磕到了头。那时，真奈的脖子还不太能撑起脑袋。婴儿通常是活泼好动的，但这一次事故似乎更像是因为父母的不注意引起的。

聪子提醒雅美抱着孩子喂奶是有道理的，因为母子间的交流是育儿的根基。

育儿并非养育者（以下写作"母亲"，但不一定仅指母亲）对孩子单方面的行为。从呱呱坠地开始，婴儿就会用哭泣表达自己饥饿、冷热和渴望被抱的需求。母亲接收到孩子发出的信号满足其欲求时，孩子得到满足，母亲得到为人母的自信，对孩子的爱意进一步加深。

也有时，母亲未能准确接收婴儿发出的信号，这将使婴儿意识到自身的欲求和情绪，成为孩子自我意识和自尊心的萌芽。和母亲的对话会成为孩子成长的基础。如果母子相处融洽，将会产生一种被称为"羁绊"的完满关系，婴儿会感到自己在这个世界是有保障的、安全的。这种感觉叫作"基本信赖"。若婴儿不幸没能建立基本信赖，内心的不安感将会伴随他今后的人生。

亲子间健康的沟通是孩子人生的基石。构筑健全的沟通关系，需要母亲引导婴儿释放伤心、难过、愤怒等情绪，并以丰富的情感接纳这些情绪，灵活应变以满足孩子的欲求。若养育者因某些原因无法妥善面对孩子的情绪，孩子无论怎么哭都没人理睬，就会放弃对外界的努力，慢慢失去面部表情。这样的婴儿，被叫作"沉默婴儿"。

孩子以与母亲的羁绊为依托，逐渐发展其与父亲、兄弟姐妹、祖父母及外祖父母、朋友、老师等周遭的人际关系。

母亲自身的安全感对和孩子建立良好关系有很大帮助。因此，母亲在育儿过程中，很有必要和丈夫、父母、公婆、共同育儿的伙伴等身边的人（如果母亲在工作，那也包括职场的同事）保持日常而安心的交流空间。

不过，即使初期亲子关系构建得不太成功，孩子们也会在成长过程中，在和其他人建立的关系中逐渐产生对他人的信赖，纠正自己与社会的格格不入。

如果孩子在成长过程中遭遇种种障碍，那也可以说明复杂的人际关系在现代社会中愈发难以形成。

一般来说，虐待可以分为四种：打骂孩子的身体虐待，不理会孩子的呼唤，或用类似"你不是这个家的孩子"等语言否定孩子的精神虐待，忽视（育儿放弃），以及用孩子发泄性欲的性虐待。不过从更宏观的角度来看，有人认为，一切不恰当的育儿方式都可以算作虐待。英语中用"maltreatment（不恰当的对待）"一词表示虐待，目前，国内直接用这个词表示虐待的情况也越来越多。

这一时期，雅美虽然疼爱真奈，她在育儿中和孩子的交流却很难说是足够的。不恰当的对待在此时已经开始了。

从预防虐待的观点来看，雅美在育儿初期就需要有合适的人为她提供育儿方面的帮助。这个合适的人不是对她有所保留的聪子，也不是一味迎合雅美的秀子，必须得是其他人才行。

雅美和聪子住在一起后，仍然不和她讲话。如果真奈的纸尿裤或奶粉没了，雅美会把信留在桌上，聪子看到信就去买了补上。

"既然认可雅美是智则的妻子，我还是想和她好好相处的。但我和她说话，她却不怎么理我，平时从不主动和我打招呼，吃完饭也不会说一句'我吃好了'。这些事多了，我也烦了。"聪子说。

雅美住进来后，家里的电话费高了不少，这一点聪子也颇有微词。

在聪子看来，既然住在一起，雅美主动向她问好应该是理所应当的。生活费由她来出，雅美理应说几句客气话，或向她表示谢意。

雅美搬到聪子家，是为了和智则一起生活。既然没有经济来源，她自然要接受援助。尽管如此，这并不代表她对聪子当年强迫她做人流手术的怨恨就能一笔勾销。

雅美从没叫过聪子一声妈妈，也没有主动和她说过话。无论是和智则聊天时，还是给母亲秀子的信中，她都称呼聪子为"阿姨"，在给我的信中则称其为"吉川"。她写道："之所以叫吉川'阿姨'，是因为我讨厌她。我非常抵触叫她'妈妈'。"

聪子行事喜欢自作主张，并不考虑雅美的感受。

有一次，聪子说要去神社参拜，带雅美和真奈出了门。雅美一问才知道，所谓的神社是聪子所信仰的宗教盖的建筑。雅美和真奈被要求坐在大厅的黑色佛龛前面，有人竖着一块写有真奈姓名的牌子诵经。原来聪子带雅美和真奈参加的是那个宗教的入教仪式，而聪子此前没和智则或雅美有过商量。聪子在法庭上说："（雅美对于入教的事）没说同意，可看她的样子，像是接受了这个事实。"

那时聪子受雇于酒馆做妈妈桑，经常下午两三点就去工作，一直干到半夜。聪子让雅美做饭。聪子说："既然她以儿媳的身份和我一起生活，我就拜托她负责做饭、备餐，请她来做这件事了。"

没过多久，大部分家务还是变成了雅美的任务。在雅美看来，聪子之前明明对她说过只要照顾真奈就好，实际情况却和说好的不同。

出生两三个月的婴儿，随时可能要吃奶、睡觉、哭泣、排泄，不会顾忌父母是否方便。一边照料要吃奶的孩子一边做家务，雅美的工作量的确不小。更何况雅美不过也是一个几乎没有任何家务技巧的十八岁女孩。她不仅要给丈夫做饭，还要准备公婆甚至小姑子的份儿。智则上初中的妹妹从不帮忙。聪子偶尔还彻夜在外面寻欢作乐，直到早上才回来。

这样的局面激起了雅美的叛逆心理，但她没向聪子发泄情绪，而是对智则倾诉了强烈的不满。智则要聪子别再让雅美做家务，聪子却回答："家务活就是媳妇该做的。"

一九九八年三月，智则从高中毕业。真奈在这时迎来出生三个月的体检。体重六千八百零五克，身高六十四点六厘米，发育状况一切正常。

四月，智则入职 K 制铁的子公司，在半田市川崎町的知多事业所工作。入职时，他隐瞒了自己有妻子和孩子的事。刚入职就开始两个多月的实习期，住在千叶县的宿舍，一直没有回家。实习期间，他带着真奈的照片，用来给自己加油打气，希望早日结束实习见到孩子。

这段日子里，雅美因为厌恶被聪子逼着做家务，就带着真奈回了俊介的员工宿舍。

智则实习期结束后先回到聪子身边，发现妹妹住进了自己和妻女曾经的房间，家里没有他的房间了。一次，聪子埋怨他零花钱花得太多，母子俩起了争执，智则夺门而出，搬进俊介家，开始和雅美母女一起生活。

智则被公司分配到安保中心，负责电气系统和控制系统的检修、保养、改良等工作。他所在的小组有十三名员工，作为新人，他态度认真，希望尽快入门。真奈半夜的哭闹令他头痛。由于工作受到妨碍，他似乎对真奈有些愤怒。

采访中我意外地发现，厌烦自己刚出生不久的孩子半夜哭闹的年轻父亲不在少数。智则尚处在试用阶段，需要面对公司的考评，必须认真对待领导分配的工作，多花心思使得公司认可自己。越是非常严肃地对待工作，他就越希望回到家可以好好休息，为第二天做好准备。智则渐渐觉得，任性哭闹的婴儿只是自己的妨碍。

公司也对智则寄予厚望，这多少让他感受到了压力。智则希望按照自己的步调推进工作，但不得不配合周遭的人和事。睡眠不足影响了他工作时的注意力，他很难兼顾工作和家庭。

这时，真奈已经会坐了，她开始对周遭事物表现出兴趣，经常伸手去抓。一次，她抓智则的打火机时，智则在她的脑袋上打了一巴掌。这是智则消极对待真奈的开始，意味着他无法接纳婴儿正常健康的成长发育过程。

上高中时，智则有时会给真奈洗澡或喂奶、换纸尿裤，工作后渐渐连这些事也不做了。聪子在公开审判中做证，她最后一次看到智则把真奈抱在怀里，是真奈出生大概两三个月的时候。秀子也说，智则不太疼真奈。

七月，智则和雅美登记结婚。此时的真奈住在外祖父俊介家，正是可爱的时候。只要有人和她玩"躲猫猫"，她就哈哈大笑。雅美拍了很多真奈这一阶段的照片。她将洗好的照片裁下来，用五颜六色的笔写下"可爱的真奈"等字句，在照片周围画上爱心和擅长的插画，贴在相册上。

其中一张照片中，手脚圆滚滚、脸蛋胖乎乎的真奈趴在床上，突然咧开刚开始长牙的小嘴，露出天真无邪的笑容。雅美在她旁边比着胜利的手势，年轻的脸庞洋溢着做母亲的满足感。

俊介家虽然杂乱无章，却能让雅美自由地生活。她将真奈交给平时闭门不出的哥哥看着，自己和朋友出门玩。真奈再大些之后，俊介也曾带着她去打小钢珠。真奈在雅美全家的照料下，健康成长。

发现智则开始对真奈动手后，雅美说过他："孩子那么小，你这是干什么啊！"此时，她还能轻松地向智则表达自己的情绪。

一次，真奈在家被蜈蚣咬了手指头。员工宿舍四周绿化环境好，家里偶尔会进蜈蚣。真奈的哭声引起了雅美的注意，发现她手上的伤后，雅美立刻让俊介托朋友开车，惊慌失措地带着真奈到半田市立半田医院看了医生。

这段时间，聪子有时会去俊介家看真奈，但雅美经常告诉她"孩子正睡觉呢"，不让聪子看孩子。

对雅美来说，那是她将真奈捧在手心的最幸福的时光。

III　急性硬膜下血肿

　　九月七日，一家三口搬到武丰町的 K 制铁员工宿舍。那是一个有十三栋公寓之多的庞大宿舍群，雅美他们搬入的是其中最老的一栋，房间在四层的西南角。

　　真奈去世后，我多次探访这栋宿舍楼。第一次大概是在案发一个半月后的一天晚上，那栋大楼沉在黑暗之中，只有几扇窗子透出点点灯光。雅美他们住的那间屋子黑着，阳台上有几件还未收回的衣服，在暗淡中浮起几片白。

　　那间屋子仿佛突兀地飘浮在夜空中，怎么看都像是被割开的一块，有如一条遇难的船。

　　雅美他们住的这栋楼大概有三分之二是空房，剩下的三分之一里有十多户是单身居住。曾有不少员工和家人一起住在这里，但泡沫经济崩溃后，员工宿舍制度有了调整，员工的居住时限缩短，住户因此减少，往日的繁荣一去不返。K 制铁总公司的员工搬去更宽敞的新宿舍楼，这里成了单身员工宿舍，除了总公司，也向子公司和同系统公司的员工开放，雅美一家这才得以入住。

进门左手边是东南朝向的卧室，四叠半大小，阳光充足；还有一间六叠大的起居室。右手边是卫生间、浴室等用水的地方，以及厨房和餐室。再往里是照不到阳光的三叠大房间，和起居室连通。

一家人刚搬来时，这栋楼里的非单身住户只有楼下四十几岁的主妇岩田阳子一家和另外一户有小孩的人家。岩田说："他们搬来的第二天早上九点半左右，我出去扔垃圾的时候遇到了雅美。她染着红头发，但穿着打扮并不花哨。她当时带着真奈，那孩子白白胖胖的，我就问'哎呀，几岁啦？'我还说'让阿姨抱抱'，不过那孩子好像不太乐意。"

那天早上，雅美自然地回应了主妇直爽的寒暄。

然而，就在那天晚上，事故发生了。

岩田在厨房收拾碗筷的时候，雅美他们突然来敲门。真奈被智则抱在怀中，软塌塌的，嘴上挂着白色的黏液，眼睛半合着。岩田伸手一摸，孩子垂着的脑袋晃晃悠悠，完全吃不上力。早上见到时还那么健康，岩田直觉这孩子一定磕了脑袋。案发一个半月后的采访中，她说当时她也隐隐觉得情况不太寻常。

智则冷静地告诉她，他们夫妻想叫救护车，却打不通电话。站在智则身后的雅美一脸茫然，沉默无言。岩田慌忙跑去叫住在楼下的单身员工，那个男人有车。男人开车将大家送往武丰町内的医院，岩田坐在副驾驶上，智则抱着真奈，和雅美坐在后排。

到了医院，岩田一直要求尽快见到医生，以至于护士都提醒她"请安静一下"。做检查时，护士看了看岩田，又看了看雅美，问："哪一位是孩子的母亲？"岩田坐立不安，雅美却一脸淡然。后来，岩田对朋友说："（雅美）那么年轻却很冷静，相比之下，我倒是慌兮兮的，真叫人难为情。"

其实雅美的表现并非冷静，她心里很是不安，却不露声色。初中时，她几乎无法和成年人对话，以至于老师曾怀疑她的智力水平低下。她对成年人面无表情的习惯大概此时也有所表现。不仅雅美如此，智则也很"冷静"。两人在危机之中，也不会流露出不安、恐惧等情感。

真奈的情况私人医院无法处理，最终由救护车转运至邻町的半田市立半田医院。就是真奈被蜈蚣咬了手指头时，夫妻俩带她去的那家医院。途中，岩田发现真奈的身体越来越冷，向院方借来一条浴巾裹在她身上。

医生和雅美随救护车同行，岩田和智则乘单身员工开的车跟在救护车后面。通过单身员工和智则的对话，岩田得知这对年轻的夫妻均为十九岁，双方的父母是本地人。不过，岩田还有一些疑惑：

"真奈是磕到脑袋变成这样的，但为什么自己在楼下根本没有听到孩子的哭声呢？她到底是怎么磕成这样的呢？"

然而，她没能问得更深。在这里，像岩田这样从外乡来的人和本地人之间隔着一堵冷漠的围墙。

岩田模模糊糊地认为："这对年轻夫妇各自的父母都住在当地，既然父母本就是当地人，就应该交给他们处理。就算这对夫妻养不好孩子，孩子身边总还有疼她的人。放心交给他们就好了。"

真奈去世后，岩田当即感到强烈的自责。她说，假如当时自己多听智则说说情况，和夫妻俩结成亲密的关系，也许这起悲剧就可以避免。她还说，案发之后自己满脑子都想着这些，身体都快撑不住了。

到了半田医院，真奈很快进了诊疗室。岩田在门外等候，不清楚里面的情况，但不久听到了真奈的哭声，才总算放下心来。

事后，岩田一直抱有疑虑：为何此时院方没有问她任何问题？假如院方表示怀疑孩子受了虐待，问她是否有了解，她应该会说出自己在事件中感受到的古怪之处。岩田心里的疙瘩一直不曾消除。

真奈需要住院治疗，岩田和智则一起乘单身员工的车回到宿舍。前一天刚刚搬来的智则家很整洁，颇有新婚的氛围。

岩田和智则一起，准备了孩子的纸尿裤、水壶、睡衣等日用品。她告诉智则，从武丰町内的私人医院借来的浴巾需要洗后返还。她还建议智则联系两边的父母，随后听到智则打电话，得知智则的母亲即将赶往医院，岩田就回家了。

当天夜里，真奈有了意识，手脚可以活动了。虽然脱离了危险，但还住在 ICU。医院要求陪护人员也要穿白大褂、戴口罩。雅美陪在睡着的真奈身边，不住地想起主治医生说的"孩子脑部有出血"，惊惧难安。

尽管如此，她还是用拜托智则从家里带来的印有郁金香花纹的书信套装，给为真奈奔波的岩田写了一封信。她在信上感谢岩田的帮助，告诉岩田真奈的手脚已经可以活动，脱离了生命危险。还说孩子出院后也要请她多多关照。

第二天，岩田看到了这封被投到信箱里的信，字迹工整，没有错字、落字，内容扎实，暗自赞许雅美的举动。她没有去医院探望。一方面觉得真奈的家人会照顾她，一方面又担心：若事故是父母造成的，自己去了反而会惹人家不高兴。即便事故不是父母造成的，年轻人大概也不喜欢邻居过多干涉他们的家事。她想，孩子出院后，两家有的是机会相处。

九月十七日，真奈出院。医生说，脑部的出血未被吸收，如果继续扩大就要手术。雅美依然放心不下。秀子开着小汽车，将孩子接回了宿舍。

听到有人拿着行李在楼梯间上上下下，岩田知道真奈出院了。雅美他们没有直接上门问候，后来她也听到过上下楼梯的脚步声，但有一段时间没有碰到这一家人。大概岩田本人也不想过多参与这件事吧。过了一阵子，她在楼梯间遇到过雅美，也曾主动打过招呼，问她孩子怎么样了。但两人之间并没有更多的交流。她想，或许要不了多久真奈就能下地走了，到时候就请雅美和她来家里玩，还特意准备了玩具。

每当虐待案发生时，人们心中必然会产生一个疑问：这个家庭周围的人当时在做什么呢？真奈的这起案件中，邻居的疏远并非出于恶意或冷漠，而主要是当地环境和员工宿舍特有的界限感："不该掺和当地人的家务事"。

这次事故导致真奈出现了急性硬膜下血肿和硬膜外血肿的并发症，还有轻微的脑组织挫伤。没有皮肤表面的伤或骨折等外伤。急性硬膜下血肿，一般来说是由于大脑受到击打等情况引起的脑部损伤。后来，真奈的急性硬膜下血肿演变为慢性硬膜下血肿，十月二十六日再次住院，十一月十三日动了手术。十一月二十一日出院。

对虐待有专门研究的学界认为，婴幼儿时期的急性硬膜下血肿首先应该怀疑患者是否遭遇虐待。婴幼儿很难凭借自身的力量攀登到高处并摔下，所以很可能是被父母用某些东西击打脑部导致的，或是父母将孩子放到高处后孩子掉了下来、父母将孩子从高处扔到地上等。这种情况下出现急性硬膜下血肿的孩子，有不少伴随着头骨骨折等外伤。

如果孩子身上没有外伤，其次就怀疑孩子是"摇晃婴儿综合征（SBS）*"。不到一岁的婴儿脑部发育尚未稳固，如果剧烈地摇晃其身体，婴儿头骨中的大脑也会跟着大幅度晃动，可能

---

* 摇晃婴儿综合征（Shaken Baby Syndrome）：即虐待性头部创伤，指婴儿因受到暴力摇晃导致脑部产生的损害，属于一种儿童虐待。

出现错位、血管撕裂等情况，引发急性硬膜下血肿。

人们以前认为，"摇晃婴儿综合征"在日常育儿过程中也可能出现，例如父母为了逗孩子，可能将孩子举得很高，然后又突然放得很低。但一些欧美的研究文献认为，除非剧烈晃动孩子的身体，否则"摇晃婴儿综合征"是不会发生的。类似于给停止呼吸的婴儿做人工呼吸或心脏按摩时产生的摇晃，都不会引发"摇晃婴儿综合征"，父母哄孩子那种程度的摇晃更不会出现问题。

虐待的意思是对儿童的不恰当对待，因此，无论父母有没有意识到自己的行为存在问题，只要孩子得了"摇晃婴儿综合征"，就足以说明父母对待孩子的方式不够恰当。据说，美国儿童科学会忠告诸位父母，出现"摇晃婴儿综合征"的孩子当中，"有三分之一死亡，还有三分之一虽然活了下来，却永远伴随着智力或身体方面的障碍。没有后遗症的孩子只有不到三分之一"。美国儿童科学会还说道："那三分之一乍看上去活泼健康的孩子，如果长时间处在被虐待的环境下，也会出现严重的情绪问题。"

那天晚上，真奈家中到底发生了什么呢？

根据雅美在公开审判中的证词，那天，直到真奈出现异常的那一刻，她都和智则一直在四叠半大的卧室和真奈一起玩。一开始，雅美抓住真奈的双脚，让她头朝下，像钟摆一样轻轻地左右摇晃。真奈每次玩这个游戏都特别高兴，脆生生地笑个不停。那天，智则在一旁看了一会儿，也抓住真奈的双脚摇晃，但他晃得太厉害，雅美看了害怕，真奈也被吓哭了。智则就将真奈放下来，去了有电视的房间。真奈又坐着哭了一会儿，突然不再哭泣，继而径直向前扑倒，身体开始痉挛。

智则在公开审判中说，不记得在真奈不舒服前自己有没有抓着她的双脚摇晃了。也许对于智则来说，那只是生活中极为普通的一幕场景，甚至无法留在记忆之中。但倒着拎起出生九个月的孩子激烈地摇晃，晃到让人害怕的程度——人们至少无法从这一举动中看出他对亲生女儿的慈爱，也看不出他对享受亲子时光的渴望。此时的智则已经是一个无法以恰当方式和女儿相处的父亲了。

半田医院深夜接收了被救护车送来的真奈，发现她出现硬膜下血肿时，院方不曾怀疑她受了虐待吗？

专家认为，医院在发现虐待的过程中起着重要的作用。尤其是在特殊时间段接收受重伤的儿童，父母的解释无法说明儿童的病情时，院方有必要仔细观察孩子是否受到虐待。若孩子出现硬膜下血肿，则更应当予以高度重视。

那天晚上，医生问雅美孩子之前是不是从什么地方摔下来过。雅美告诉医生，今年二月，真奈出生三个月时曾在旅行中从宾馆的床上摔下来过。雅美还告诉医生，孩子出现痉挛之前，是坐着朝前倒的。半年多前从床上摔下来，不可能引起急性硬膜下血肿。婴儿以坐着的姿态朝前倒，这种程度的晃动也难以引发这一症状。孩子的病情明显与父母的解释不一致，而为真奈看诊的医生，却没有在此基础上详细询问。

案件发生大概一个半月后，我见到了当时的院长、专攻脑外科治疗的六鹿直视。对于当时医生的处理方式，六鹿的看法是这样的：

"一般来说，医生会根据患者出现的症状予以治疗，基本不追究病因的可疑之处。如果是我的话，发现孩子的状态可疑，是会跟父母确认的。但真奈的主治医生年纪尚轻，孩子出现了脑组织挫伤，大脑变形程度也很严重，医生首先考虑的恐怕就是如何救助患者。案件发生之后，我们意识到今后必须对虐待给予足够的重视，但当时，全医院都没有考虑过这个问题。"

半田医院的儿科对于虐待有专门的应对方案，曾向儿童咨询所通报过几起事件，并配合儿童咨询所处理了事件后续。但除了儿科，其他科室没有针对虐待的预案。

如果此时院方能意识到雅美和智则无法妥善地抚养孩子，需要特殊的帮助，今后雅美他们再去医院或其他机构，被发现虐待孩子时，或许就能采取更慎重的对策。

只不过，对虐待警惕性不高的不仅仅是半田医院的医生。真奈的案件发生之后，爱知县才立即借《儿童虐待防止法》的推行，面向医生发放"虐待防止手册"。

IV 不笑的女儿，打女儿的父亲

遭遇事故，住院，为治疗而频频出入医院，再次住院并接受手术——这一系列变故给雅美带来了很大负担。最明显的是生活变得辛苦了许多。根据婴幼儿医疗补助制度，孩子的治疗是免费的，但有许多日用品需要采买齐全。由于在医院陪护，雅美不能自己做饭，又因为无法自由出入医院，她只能吃医院的食堂。餐费成了一大笔支出。

真奈出院后，从家里到邻町的医院所需的交通费太高，雅美不得不在秋天依旧毒辣的太阳下，骑自行车带真奈往返于单程八点五公里的路程。对于一个脑出血的婴儿来说，长时间坐在自行车上摇摇晃晃对身体也是不小的负担。

一家人搬进员工宿舍之前，孩子的奶粉或纸尿裤不够了，聪子、俊介和周围的大人都会帮忙买。如今十九岁的雅美却要在智则每个月十三万日元的收入中，想办法筹划孩子的开销。

这是独立生活拉开帷幕后，这个家庭面临的第一次考验。

九月，雅美又怀孕了，这段时间正是孕吐比较厉害的时候。

真奈两次住院的天数总计三十七天，这期间，几乎都是雅美独自照料她。她睡在简易床上，智则偶尔在病房过夜，就将床铺让给智则，自己在地上铺上浴巾睡。地板硌得身上发痛，怀孕的人必然吃不消，雅美却没想过让智则睡在地上。

"丈夫对我来说很重要。所以我不希望在某些地方被他讨厌，有时候就什么都不说……现在想来，这应该是我当时的想法。"雅美说。

她还曾挤在真奈睡的床上，和孩子一起睡。但护士好像很不高兴，于是没睡几次就不再这样了。

这对年轻的夫妻对家庭中男女分工的看法相当传统：男人在外面工作，挣钱养家。家务活和育儿则是女人的工作，男人没必要帮忙。直到真奈去世，智则都从未质疑过这种价值观。

智则感受不到雅美的辛苦。诸如自己夜晚在医院留守，让雅美回家好好休息之类的体谅想法，他想都没有想过。雅美又把智则看得很重，自幼形成的思考模式也束缚了她："只要自己忍一忍就好了"。

真奈出生时满心喜悦的双方父母，此时表现得也很冷淡。真奈连续住了一个多月的院，只有雅美的父亲替雅美陪护过真奈一次。雅美将孩子交给父亲，匆忙回到自己家中，洗了澡，洗了衣服，就返回了医院。夫妻俩也没有得到足够的经济支持。

聪子和秀子都乐意享受孙女降生后的天伦之乐，却无意承受与快乐一体两面的辛劳。而雅美则有自己的坚持，不会开口向父母求助。

雅美为什么没有向丈夫或父母求助呢？

由于自幼得不到父母稳定的爱，雅美从小到大一直有一种不安全感：如果不做一个好孩子，或许就会失去父母的爱。所以她不会向父母撒娇。父母的爱本应构成孩子个人意识的核心，但雅美的核心始终飘摇不定。

好不容易得到的丈夫的爱，本是足够填补这份缺失的，但越是心里的缺失得到了填补，雅美在潜意识里就越是深深地担心：如果失去了丈夫的爱，自己恐怕就活不下去了。乍看上去，雅美是深深地爱着智则，但这份爱的本质其实扎根于其自我意识的不安，是一种束缚的爱、不依不饶的爱。

雅美自己也承认，她的嫉妒心很强，紧紧地束缚着智则。

雅美不允许智则在参加酒会的晚上太晚回家。真奈出院几个月后的一个冬天的夜晚，智则喝酒回来晚了，期间雅美给他打了好几通电话都没有接通。对雅美和智则来说，手机是确认彼此心意相连的重要工具。因此雅美被怒意冲昏了头脑。"我一个人在家里照顾孩子，智则却和职场的前辈们饮酒作乐。不可饶恕！"她又给智则打了几通电话，智则终于接了，却说已经和大伙移步到另一家酒馆喝酒。雅美怒火中烧，不顾寒冷，晚上十点多骑车带着真奈来到智则喝酒的那家店，在他职场的前辈们面前又哭又喊。其中一位前辈搞不清楚状况，竟掏出一沓钱塞给雅美。雅美气得打了前辈的手。她拽着智则走出店门，用自行车推着真奈回家。这时真奈已经睡熟了，脑袋一点一点的，眼看着就要碰到儿童座椅的扶手，雅美脱下上衣垫在中间。

雅美说，如果智则去的是叫派遣公司的小姐来助兴的那类酒会，她尤其不放心。

十一月二十一日，真奈出院。当时医生说："这孩子可能比其他小孩发育得慢。"听了医生的话，雅美的感受是："不知道该如何是好，有些不安。"智则则想着："虽然有些难过，但我想总会有办法的。"但两人事后并未仔细讨论过这件事。

出院那天，雅美买回做蛋糕的食材亲手做了蛋糕，尽管迟了一天，还是给真奈庆祝了一岁生日。

出院后，雅美按照和医院的预约，在十二月十日到三月十八日期间，准时带真奈去医院复查了四次。这段时间，并未出现忽视（育儿放弃）的情况。

雅美担心智则的收入难以承担即将出生的孩子的开销，于是开始记账。听秀子说，这段时间雅美和智则的家还是相对整洁的。雅美他们搬去员工宿舍后，秀子会在俊介每个月发薪水后的星期天和俊介一起去雅美家探望，一家人出门购物，或去家庭餐厅。

真奈出院后，雅美和智则都感受到了她的变化。以前一有人追她，她就开心地跑来跑去，爆发出银铃般的笑声；现在的她不笑了，发呆的时候明显多了。她变得更爱撒娇和恶作剧，总是重复着相同的行为。还会拉开抽屉，把里面的东西拿出来。

智则认为，真奈的变化是住院时被护士惯出来的。因为真奈只要对护士手里的东西感兴趣，护士立刻就把东西拿给她。这是幼儿正常的行为发展，护士的做法也并无不妥。智则却认为真奈是在撒娇，对此很生气。

没过多久，每当真奈捣乱，智则都会训斥她，如果挨了训还不听话，就打她。如果打也不管用，就不再理她。最后，智则渐渐不和孩子交流了。真奈也不再对他笑，她的笑容越来越少了。

听说幼年时习惯被父母严厉对待的人，就算想疼孩子，也会因嫉妒心作祟，不允许自己对孩子太好。智则也许存在这种心态。

公开审判中，律师向智则发问。

律师："你小时候有过被身边的人宠爱的记忆吗？"

智则："基本没有。"

律师："你不觉得，小孩就是不听大人话的吗？"

智则："我没这么想过。"

雅美有一张真奈短发的照片，看样子是手术后不久拍的。和手术前天真地笑、直爽地哭的照片相比，那张照片中的真奈表情僵硬，似乎不太高兴。事到如今，已经无法追究真奈被拍时是否存在发育障碍，如果有，又严重到什么地步。不过，除了发育障碍，或许还有其他理由导致真奈神色不悦、给大人捣乱。

重病会让孩子神情不安，不听话，变得任性，这是他们在有过生死悬于一线的经历后内心不安的表露。周围的大人只能接受这一事实，不该斥责孩子。

如果经常被父母打骂，天真无邪的表情就会从孩子脸上消失。孩子会变得爱闹别扭，爱反抗。

而频繁重复同一种行为、频繁地给大人捣乱，正是幼儿一岁后自我意识发展的表现。若父母应对得不恰当，反抗会更加激烈。成年人可以按照自己的节奏，去呵护一个乖乖吃奶、换了纸尿裤后老实睡觉的婴儿。然而，孩子一岁后对各种事物产生了兴趣，有了自己的想法，便不会按照父母的期望行动。有些父母会因此觉得自己的孩子不再可爱，有不少虐待现象都萌发于这一阶段。

真奈面对智则时的表情越来越严肃，这更让智则对她没了好感。智则刚开始对真奈动手时，雅美会呵斥他，但渐渐地，雅美什么也不说了。她没办法再和智则商量有关真奈的事了。

雅美说，只要智则在六叠大的房间玩起电视游戏，真奈捣乱的时候就不会挨打。于是，她便带着真奈睡在三叠大的房间。

雅美没有可以一起育儿的朋友。

原因之一恐怕是真奈情况特殊，需要经常去医院，不方便定期去公园玩。但更主要的原因，是雅美本身就很认生。她知道带真奈到外面去是好的，却难以接受和员工宿舍的人相处。在十几岁的年轻女孩眼里，二十五岁上下的母亲比自己成熟许多。雅美很难认识年龄相仿的母亲，容易被孤立。提到雅美，一位二十六岁、住在隔壁楼的育儿主妇这样说：

"那位妈妈太年轻了，我不好意思主动和她打招呼。她穿的衣服都显得年龄很小，超短裙、厚底鞋……起初我主动和她寒暄过一两次，但她没有回应。后来再碰到，我也就随她去了。现在我会想，也许自己当时再主动一些就好了。如果她愿意带孩子到公园来，结果也许会有一些不同。"

员工宿舍的环境也有其特殊性。

如前所述，雅美他们住的这栋楼在十三栋宿舍楼中是最老的一栋，住户多是K制铁子公司和同系统公司的员工，大部分都是单身。隔壁宿舍楼的房间多，面积也大，多为总公司员工和家人一起居住，小孩也多。只不过，总公司的员工中有不少人是调职过来的，离自己的老家很远，当妈妈的学历也相对较高。母亲们通常结伴去附近的公园，也会相互倾听育儿的烦恼。

附近保育园的相关人士说，在这片员工宿舍，K制铁员工的家属和子公司、同系统公司的员工家属之间关系冷漠，存在歧视现象，彼此几乎没有交流。对雅美来说，恐怕公园本身就是难以靠近的地方。

真奈到了应该出门接触各种东西，用五官感受世界的年龄。对她来说，接触其他的小孩，从中得到刺激本是非常重要的。至于雅美，也应该多观察和真奈同月龄的孩子以及大一些的孩子，客观地了解自己育儿的状况。然而，几乎所有的时间，她都和真奈在逼仄的房间里单独相处。真奈听不懂话或不听话的时候，雅美也变得爱生气起来。

第三章

开端

I　一岁半体检

一九九九年六月一日，真奈一岁半时在武丰町的保健中心接受体检。智则那天不用上班，陪着雅美一起去了。当时雅美怀孕九个月，很不方便。

保健中心的记录显示，真奈的发育情况整体迟缓。身高七十七点六厘米，体重九点零八公斤，体形偏瘦小，总体来说属于正常范围。但腿脚发虚，走不了路。保健师和她说话也不回答，一声不吭。精神面貌不错，笑嘻嘻的，但有时会不受外界影响，兀自发笑。保健中心认为有必要持续观察。

雅美清楚地意识到了真奈发育迟缓的情况。来体检的孩子们个个蹦蹦跳跳，已经开始牙牙学语，而她根本无法想象真奈能做到这些。

保健师问："孩子能自如地上楼梯吗？饿了会跟妈妈说吗？"

雅美恍然大悟：发育正常的孩子，已经可以做到这些了吗？真奈总是哭，能做的事都不主动去做。雅美感到气愤而羞愧。

保健师觉得自己无法和雅美好好地谈下去。雅美心里受到了很大打击，涌起不安的情绪，却面无表情，显得很冷淡。雅美习惯了不显露自己的情绪，特别是内心的负面情绪。

真奈在走路测试中没有走的意愿，智则对此也很气愤，他觉得真奈让他在体检的人面前丢了脸。真奈在家里是会走的——虽然走得跌跌撞撞。他认为真奈体检时拒绝走路，是在向雅美撒娇，感到无法原谅。回家后，他也对雅美说过："真让人难为情啊。"

智则在证词中提到，自己不曾担心真奈的未来，也没想过找人聊聊关于真奈发育迟缓的事。他对真奈愈发漠不关心。育儿是妻子的任务。他虽然想品尝和孩子相处的快乐，但认为麻烦事只要交给雅美处理就好。

体检过程中，保健中心的人邀请雅美带孩子去儿童馆的娱乐教室玩，雅美没有带真奈去。娱乐教室是武丰町为父母提供育儿支持的一环，召集同年龄段有发育迟缓倾向的孩子，通过娱乐活动促进他们的成长。雅美不去的最大原因是她意识到了真奈和其他孩子之间的差距。她本人也不擅交际，害怕和陌生人相处。

对智则和雅美来说，真奈一岁半时的体检并没有起到确认孩子的健康成长、接受必要帮助的作用。反而让他们强烈地感受到自己作为父母，在保健中心备受抨击。

案发之后，我去过武丰町的婴幼儿体检现场。一位保健师给一个孩子称了体重，发现离标准体重差一点点，满不在乎地对母亲说："啊呀，真可惜。就差那么一点儿。"看到这一幕，我心头一跳。

　　我有一个挑食的儿子。很长一段时间里，他的体重远低于标准值，令我烦恼不已。那句话想必是保健师的无心之言，但如果带孩子做体检的人是我，听到这么一句直白的话，或者是听到这句话后，又了解到人们往往认为孩子要达到标准体重为好，我恐怕会较起真来："我可不能被这种话刺痛！"

　　直接面对孩子的缺点、弱点，或明显不同于其他孩子的地方时，许多母亲都会出现强烈的情绪起伏，会变得敏感、紧张。这是一种很微妙的感受，仿佛有人在对她们宣告：你是一个糟糕的母亲。然而，让人自觉糟糕，又将自己的糟糕公之于众的却是自己的孩子。曾有朋友这样形容："有时候，孩子会一把扯下父母心灵的窗帘，曝光我们想要拼命掩盖的内心。"

　　育儿就是现实本身，是真刀真枪的胜负对决。因此，孩子的出生和抚育过程，往往是父母价值观的直接体现。父母需要具备成熟的智慧和自信，才能避免将自身的价值观强加于孩子，进而接受孩子原本的样子。实际上，有不少虐待现象正是从体检时听了保健师的一句"孩子的体重不达标"开始的。

　　一岁半体检前后，智则的母亲聪子辞去了工作。她说自己闲下来后，有时会把真奈接到自己家带。她在法庭上表示，智则不参与育儿，她觉得雅美自从生下孩子后就很辛苦。对于聪子将真奈接走一事，智则并不反感，雅美却很抵触。

聪子在不久前离婚。她的前夫，也就是智则的继父村田博之将父母从九州接了过来，但两家人相处得并不好。聪子接走真奈，或许也是出于寂寞。智则没有和博之解除养父子关系，仍然姓村田。

聪子总是突然打电话通知雅美，第二天早上就接走真奈，当天晚上给真奈洗完澡再把她送回来。聪子只选天气好的日子接真奈，还有一次接走时说要让真奈在自己家过夜，却因为真奈哭个不停又将她送了回来。聪子做这些从不问雅美的意见，雅美觉得她想一出是一出，却不曾说出自己的感受。

律师："你有没有拒绝过聪子呢？比如今天不太方便，或者希望她换一种方式帮你带孩子什么的。"

雅美："没有。"

律师："是不想拒绝，还是说不出口？"

雅美："说不出口。"

律师："为什么？"

雅美："我觉得说了也没有用。"

律师："一直以来，在你和聪子打交道的过程中，她听过你的意见吗？"

雅美："没有。"

雅美对聪子的抗拒越来越明显。

聪子没有看出雅美不愿意自己接走真奈。智则不在家的时候，是雅美将真奈抱给聪子的，但雅美多数时候都面带微笑。

六月三十日，意识到真奈发育迟缓一个多月后，雅美生下长子大地。她在医院拍了许多大地的照片，大地打哈欠的样子、喝奶的样子、定定望着镜头的样子。她还从很多角度拍了智则抱着大地的照片，还有自己抱着大地看镜头的照片。然而，照片中却没有真奈和大地在一起的情景。我只在一张照片中看到了真奈，雅美抱着大地，真奈寂寞地呆坐在母子俩身后。从那以后，雅美经常给大地拍照，真奈的照片变得非常少。

大地吃奶很香，睡眠也好，成长过程很顺利。刚出生的婴儿无论如何都是更需要人照顾的，雅美有时便顾不上真奈。屋里乱糟糟的时候也变多了。

父母对大地笑脸相迎，抱他，蹭他的脸。真奈容不下这个弟弟。她会去打睡觉中的弟弟，要把手指捅到弟弟眼睛里去，还往婴儿车里扔东西。她经常做些危险的事，来吸引大人的关注。之前她都是独立吃饭的，现在却要让人喂。她还故意破坏屋里的东西，把屋子弄得乱七八糟。

雅美打了真奈，对她不闻不问，不再带她出门，给她换纸尿裤的次数也少了。吃饭时，只要真奈一磨蹭，雅美就怒斥她："赶紧吃饭！"

真奈身上的纸尿裤总是湿的，聪子来接真奈时吃了一惊。据说纸尿裤湿得很厉害，聪子抱起真奈时，甚至沾湿了她的衣服。在聪子印象中，真奈身上总是新伤不断，贴着创可贴。雅美告诉她，伤口是真奈自己摔的。夏天的时候，真奈右侧的大腿上有过被洗衣夹夹出的瘀痕。

聪子问雅美瘀痕是怎么来的，雅美说是真奈乱动智则的游戏软件，智则对她的惩罚。聪子告诉雅美："如果智则对真奈动手的话，我会说他的。今后要是再发生类似的事，就告诉我。"这是她第一次对雅美说这么多话，雅美一如既往地沉默。

雅美的母亲秀子也在同一时间看到了真奈大腿上被洗衣夹夹出的瘀痕。对照当时的照片，真奈的脸上还有三道手指印，眼睛下面也有瘀痕。雅美告诉秀子，那是真奈的脑袋磕到桌角造成的。

这一阶段，雅美曾和秀子提起，两个孩子只差一岁，带起来很辛苦，想把真奈送去保育园。她还和秀子商量过真奈说话晚、走路不稳当的事。可是作为母亲，雅美不太和真奈说话，也不带她出门玩，无怪乎真奈的发育会越来越迟缓。

第二个孩子出生后就疏远了第一个孩子——这样的母亲不止雅美一个。以前就有女性受访者告诉我，第二个孩子出生后，做母亲的无法像原本以为的那样做家务和育儿。第一个孩子仿佛又变回了刚出生的时候，一点儿也不听话，母亲就不再觉得他可爱。

真奈的发育迟缓将雅美逼进了死胡同。她写道：

> 我一直很担心……真奈今后到底能不能学会说话……
> 这些想法渐渐积累，我的心情越来越沉重。

公开审判时，雅美的辩护律师和她有过这样的对话。

律师："真奈一岁时，你还在母子手账的'是否栏'中做了标记，全都标在'能做到'的那栏。从一岁半开始，记录就少了。这是为什么呢？"

雅美："因为真奈没能做到。"

律师："那么，为什么没有标在'做不到'那栏呢？"

雅美："我一直……在等真奈做到。"

这句话像是从雅美口中挤出来的，她的眼里噙着泪花。

大地出生后不久，雅美就用儿童围栏在三叠大的房间和六叠大的房间之间做了隔挡。为的是阻止真奈去戳大地的眼睛、乱翻抽屉、碰智则的游戏软件。她也不想看到智则生气后对真奈怒吼的样子。

三叠大的房间平时一直铺着被褥，雅美在屋里放了真奈喜欢的大布偶，又将六叠大房间的餐桌旁带小桌板的儿童餐椅搬了进来。被关进这间屋子后，真奈并未哭闹。直到去世的一年多里，她的大部分时间都在这个三叠大的房间里独自度过。

无论聪子或秀子什么时候到家里做客，大地都在雅美和智则身边，真奈则被儿童围栏隔着，待在光线不好的三叠大房间。儿童餐椅小桌板上的盘子里放着一只印着"面包超人"的干面包，硬邦邦的。而在家里没有客人的时候，带吸管的儿童水壶和盛面包的盘子被放在地上，瘦弱的真奈在它们旁边爬来爬去，脸上没有什么表情。

聪子曾对朋友说，围栏里的真奈看上去好像被圈养的动物。

聪子从自己家送真奈回雅美和智则家时，往往是智则到走廊里来接。智则总是不和真奈打招呼，默默地将手伸到真奈腋下，不是抱，而是把真奈四肢悬空地架进门。聪子问过智则："你不疼真奈吗？"智则回答："我疼大地，不疼真奈。"

然后雅美接过真奈，将她抱走。聪子一直以为，雅美是疼真奈的。

秀子看到雅美一直将真奈放在三叠大的房间，觉得这样养孩子不太正常，却没有仔细叮嘱过雅美。秀子见到雅美把真奈放出来过一次，真奈立刻跑到大地那儿，要戳他的眼睛；她因此觉得，雅美把真奈拦在屋里也是迫于无奈。秀子每次去雅美家前都会发消息联系，不知是否与此有关，她每次看到真奈时，真奈的衣服都很整齐，纸尿裤也是干的。每当秀子走到三叠大的围栏旁边，真奈就笑着举起双手，慢慢凑上来要她抱。秀子说，她看到的真奈脸上多少是有些表情的，所以她没意识到问题的严重性。

秀子年轻时，也不太理会年幼的亲生骨肉。她认为雅美养育孩子也大概如此。

II 保健师们的困惑

七月，武丰町的保健中心接到町会议员的联络，称有一对年轻夫妻将孩子放在围栏中抚养。聪子和朋友讲起智则夫妇养孩子的状态后，这位朋友和相熟的町会议员咨询了此事。保健中心查到了真奈一岁半体检时有发育迟缓倾向的记录，由最年轻的保健师本田麻子（三十二岁）给智则家打了电话。本田麻子当时任职四年，是保健中心经验最浅的保健师。接电话的是智则，他说妻子不在家。本田麻子问了雅美的回家时间，然后那时去家访，但家里却一个人也没有。

八月二十日，本田没打电话，尝试直接家访。雅美穿着短袖短裤为她开了门，看样子迷迷糊糊的，可能之前正在睡觉。

本田对雅美说："孩子一岁半体检时没有看到她走路的样子，我们有些担心。"雅美便牵着真奈的手来到门口。真奈迈着小碎步走到本田面前，站得笔直，紧盯着她。

"那孩子表情没有变化，可能是有些害怕，一动也不动。"本田说。

雅美抚摸真奈的头和身体，她的表情还是一成不变。身上隐隐散发出一股尿骚味。

"看到孩子的神态，我直觉她的成长环境不太好，特别是对妈妈没有任何反应这一点，让我觉得，如果不尽快想办法干预就糟了。"

雅美一直保持着笑意，本田问了一些问题，她简单地回答："真奈是会走路的，但大地出生后，她就一直爬着走。不吃东西。"然而，雅美没有主动向本田倾诉自己的困惑。

笑容大概是雅美心灵的围墙。她虽然竭力避免和聪子碰面，碰面时却会在脸上堆起笑容。我第一次在看守所见她时，看到她笑容可掬的样子，也安心不少。后来我在信上写道："那时你看上去精神不错。"她在回信中说道："我独处的时候没什么精神，见面的时候才有精神（笑）。见妈妈、婆婆的时候，也绝不会摆臭脸。我不想让她们担心，毕竟一个月就见一次，我想好好享受见面的时光。"为了不让大人不高兴，她会时刻提醒自己保持微笑。

回到保健中心后，本田向高一级的保健师汇报了情况，并联系了儿童咨询所。八月三十日，儿童福利士和保健师在保健中心商量了此事。他们联系聪子时，得知真奈正好在聪子家，立刻要求聪子带真奈来保健中心一趟。智则的妹妹当时正在读初中，也陪同母亲一起前来。

真奈纤细的手脚从小衣服里露出来。一开始，她似乎有些认生，看到四位保健师和儿童福利士等人，紧紧地依偎在祖母身边哭泣。适应环境后，便脱开祖母的手，颤巍巍地迈开步子，走到玩具球旁边，表现出了兴趣。

　　本田说："看到真奈认生，吓哭了的时候，我感叹：她和母亲在一起的时候面无表情，和祖母在一起时却能流露情感。从成长环境来看，肯定是祖母那里更好。但我不太明白，到底为什么会这样。"

　　本田的领导保健师松村广子说："听说这家人育儿状况不好，我想也许是出现了育儿放弃的虐待现象。如果是育儿放弃的话，那和体罚不同，伤口和瘢痕不能作为证据。我其实也是一面思忖到底发生了什么，一面观察真奈。"

　　我感受到了保健师们的困惑。

　　聪子告诉在场的人，雅美夫妇目前用儿童围栏将真奈拦在屋里，给孩子吃饭有一种喂狗吃食的感觉；长时间不给孩子换纸尿裤，孩子皮肤红肿得厉害。也提到大地出生后，真奈的体重急剧减轻，智则完全不参与育儿。她还告诉大家，真奈在自己那里情况就会好转，真奈的父母却把自己的话当作耳旁风。

　　谈话过程中，没有人提到"虐待""忽视"等词，大家将真奈遇到的问题归为年轻父母经验不足，认为雅美和智则或许缺乏育儿能力。保健师们提到，九月二十八日，给出生三个月的大地体检时，雅美也许会带真奈一起去。儿童福利士便申请参与体检，以便观察母亲和孩子相处时的状态。大家商量后，安排保健师本田在体检之前去雅美家家访，以便掌握实际情况。

祖母大概每个星期都要帮忙照顾真奈。

松村说："我隐约感到这个家里存在婆媳之争，但要想让孩子的状态好起来，祖母的处理方式是很关键的。孩子的母亲和父亲都很年轻，尽管在育儿方面存在困惑，还是生下了第二个孩子，或许慢慢就会积攒经验，成为合格的父母。这是我们商量后得出的结论。我也很感激儿童咨询所的人能参与这次谈话。"

儿童福利士以专家身份参与谈话，令保健师们安心不少。然而，这次谈话中存在着几个错误的判断。

在神奈川县开办德永家庭问题咨询室的保健师、精神保健福利士德永雅子认为，或许正因为有关部门此时对真奈是否遭受虐待一事未得出明确的判断，问题才逐渐变得严峻。

"真奈那时发育不良，身上有尿骚味，而且她的母亲十几岁就生下了她。三个月时从床上掉下来（保健师们当时不知道此事），十个月时出现了硬膜下血肿。前面有了这么多背景情况，已经足够引起大家重视，怀疑是否存在虐待了。"

虐待的评估影响到有关机构今后对母女的态度，对于将她们从危机中拯救出来至关重要。唯有断定虐待确实存在，周围的人才能齐心协力，进入援助模式。但如果知识或经验不足，确实难以给出评估。说到虐待，人们往往想到惨无人道的父母的形象，其实很多虐待儿童的父母都是极为普通的人。对这些普通人产生"他们是不是在虐待孩子"的疑问，会让大众有一种贸然怀疑邻居的罪恶感。

后来，本田在东京的一家儿童虐待防止中心的内部刊物上发表了一篇文章，回顾了案件经过。文章这样写道：

> 说到底，当时没有发起救助的原因主要是我们不知道究竟何为虐待。（略）有相关人士认为，提到"虐待"二字，就有种给对方家庭贴上标签的感觉。但如今我痛切地认为，使用"虐待"一词相当于一种手段，目的是让人们认识到：对方家庭需要救助。

据说，本田注意到真奈有硬膜下血肿的既往病史。大家坐在一起商量时，经验老到的保健师们和儿童福利士未曾提到这一点，于是她也保持沉默。"因为我没有足够的自信"，她写道。或许是受制于当时的氛围，她没能坦率地说出自己的想法。

将聪子列为重要的援助者是一个重大的失误。虐待现象的背后往往潜藏着整个家庭的病症。像雅美和智则这样，和自己的父母或配偶的父母之间有隔阂的案例非常多。

有些人对父母有强烈的逆反心理，或是反过来强烈地要求父母关爱，即使在育儿方面存在困惑也不示弱，无法坦诚地寻求帮助。这些人往往在育儿时将自己和父母的关系叠加在自己和孩子的关系上，无法和孩子顺畅地交流。在这样的情况下，如果祖父母辈介入，指出大人的育儿方式存在问题，大人与孩子的关系将会进一步恶化。大人可能将自己与父母的隔阂转嫁到孩子的头上，任性而随意地处理关系中的伤痛，很难控制自己的情绪。也有专家认为，虐待是迟到的青春期问题。本田在内部刊物中这样写道：

> 那时我认为，不能干等着Ａ子（雅美）学会育儿，无论如何也要先让别人带Ｉ（真奈）一段时间。至于让Ｋ子（聪子）带孩子Ａ子会怎么想、会对Ｉ产生怎样的影响，我没有考虑到这些问题。

德永认为，虐待属于依赖症的一种。

"让大家庭抚养孩子，是不了解依赖症的人对家庭抱有幻想的选择。其实我们有必要认识到：大家庭才是危险的。"

依赖症分为酒精依赖、药物依赖等好几种，大部分患者都和家人之间存在隔阂。不少酒精或药物依赖症的患者曾因各种各样的理由导致自尊水平低下，这其中也包括成长经历对他们的影响。这类患者不愿面对自己的缺点，于是通过酒精或药物逃避现实，酒精和药物是消除他们生活恐惧的最低水准的手段。单纯地禁止或苛责对治疗不起作用，必须采取专业措施戒除患者的依赖。

施虐者也因种种原因导致自尊水平低下，对周遭有强烈的不信任感，无法相信他人。父母是孩子唯一的庇护者，于是施虐者试图通过随意支配孩子来保护自己的自尊，或者忽视不听管教的孩子的存在。利用孩子，施虐者就不用直接面对自身的无力。他们陷入了一个思维怪圈：若不这么做，自己的存在就会受到威胁，就会活不下去。施虐者深知虐待不可取，也深知斥责救不了孩子。

"Maltreatment"是英语"儿童虐待"的意思，同样的意思还有一种表达方式："child abuse"。"Abuse"一词常见于"alcohol abuse（酒精滥用，即酒精依赖症）""drug abuse（药物滥用，即药物依赖症）"等搭配，儿童虐待也可以理解为一种"儿童滥用"。

施虐者是孤独的，但他们身边并非真的没有依靠。他们不想让身边的人察觉自身的无力，于是主动切断和周遭的联系。雅美也并非只身一人。智则、秀子、父亲、哥哥、聪子，还有保健师和医生都是她可以求助的人，她却不与他们产生联结，不让任何人看到自己的软弱。

我采访过的母亲中，凡是有过育儿不安或曾为自身的虐待行为痛苦的人，都在意识到"再这样下去孩子就危险了"的时候主动向外界寻求帮助——或是和丈夫大吵一架，倾吐自身的痛苦；或是去听专家的演讲、致电防止虐待热线求援。在被逼到走投无路之际，她们都生出了绝处逢生的勇气。而雅美没有这样的力量。

施虐者需要的，并非单纯的育儿建议，而是和救助者建立信任，改变他们自幼长期积累的负面自我意识，让他们逐渐变得自信，并使他们意识到即使表现出自己的软弱也能活下去。也就是说，他们需要的是"重新成长"的救助。这当然不是一件容易的事。防止虐待，需要高度的专业性。

案发后，我询问当时半田儿童咨询所所长稻垣守，当时大家为何认为聪子能够救助雅美。稻垣回答道：

"其实，我们一直认为，孩子由生母抚养是最好的。孩子的祖母肯定乐意帮忙，雅美夫妇也生下了第二个孩子，大家就觉得如果家里能接受保健师的拜访，是最自然的救助方式。"

儿童咨询所是接受虐待相关咨询的官方窗口，但在当时，半田儿童咨询所在虐待问题上并不具备超出大众常识的知识，也缺乏应对策略。这是为什么呢？

负责处理虐待问题的儿童福利士以行政事务为主要工作内容，他们不一定是福利相关的专业型人才。所长也长期从事事务性工作，案发时调任所长一职不过几年，无法监督员工掌握足够的专业知识，向咨询者提供准确意见。

儿童福利士负责的问题相当繁杂，拒绝上学、违法犯罪、儿童残障等孩子成长过程中遇到的各类情况都需要经其处理。福利士还负责决定孩子是否有必要进入福利院等设施，但有些孩子的父母去世，有些则因疾病导致福利院无法收养，福利士经常需要参考孩子亲属的意愿做决定。进入二十世纪九十年代，因虐待等原因介入家庭纠纷，视情况说服父母送孩子去福利院等工作也成了福利士的职责。福利士的工作内容在这一阶段出现了巨大的变化。

二〇〇〇年十一月，就在真奈的案件发生之前，《儿童虐待防止法》投入施行，儿童咨询所的权限得到增强，咨询所才有权对可能存在虐待的家庭进行强制性的入室调查，并通过法院手续，强制分开父母和孩子或剥夺父母的监护权。二〇〇四年四月，《儿童虐待防止法》修改完成，十月正式实施。修改明确了虐待是对儿童"严重的人格侵犯"，强化了公民的举报义务，进一步加强对虐待儿童的父母的干预。

有效发挥儿童咨询所的作用，少不了知识、经验和专业性的帮助。同时，这还是一项很费脑力的工作。有时为了孩子的生命安全，儿童咨询所会试着采取强制措施，将父母和孩子分开。但稍有疏忽就可能招致父母乃至孩子的怨恨——即便孩子因此得救。要想重新整合亲子关系，就需要得到父母的信赖。儿童咨询所要付出艰苦的努力，才能渐渐化怀疑为信任。

总的来说，当时的多数儿童福利士没有特意接受过有关虐待的专业训练。一位儿童福利士告诉我，自己从事务性岗位调任福利士时有两天的新人研修期，但基本上是用来掌握儿童咨询所的大体工作流程。研修期结束后的第二天，就要接手上一任负责的所有案例，依样画葫芦般处理。另一位儿童福利士告诉我，自己曾经请带薪假，自掏腰包去民间团体学习。她说："说实话，每当听到有人说'儿童咨询所是专门处理虐待问题的'，我们这些员工就感到如坐针毡。"

截止到二〇〇三年，全国的儿童咨询所接待的虐待咨询件数在十年间增长超过了十六倍。就在案件发生的二〇〇〇年，过去十年接待的咨询件数也增加了十六倍。相比之下，儿童咨询所的员工却只增加了不到一成。后来虽然扩招，规模却不够大。也有报告显示，全国各地的福利士工作时身体和精神负担都不断加大，已经危害到了他们的身心健康。

如果说儿童咨询所作为官方窗口，处理虐待问题的力量仍然有待增强，那么保健师们对虐待问题的了解和处理经验就更为贫瘠了。另一方面，那时武丰町的保健中心认识到虐待问题的严重性也不过两三年的时间，保健师们听过普及虐待概念的演讲，但并未接受过实战型的研修，学习作为保健师应当关注哪些问题，采取怎样的行动。去真奈和雅美家拜访过很多次的本田回忆当时的感受时说道：

"我在研修阶段接受的培训是，如果怀疑存在虐待，就联系儿童咨询所。所以当时一听说儿童咨询所会主动介入真奈的事，我一下子就放心了。"

以前，保健师和育儿相关的工作职责基本限于为婴儿顺利成长发育提供支持。如果婴儿的成长发育一切良好，那就再好不过；如果遇到困难，就给予母亲具体的指导。然而，随着育儿焦虑的母亲越来越多，单纯的育儿指导已经不足以解决问题，保健师还被要求体谅母亲的心理感受。工作在一线的保健师们一时无法适应这些变化。

年轻夫妻如果在育儿过程中遇到困难，就应该向他们的父母寻求帮助——这是非常自然的想法。即便是法律层面，规定保健师有责任在初期阶段发现儿童虐待现象，也是二〇〇〇年秋天起施行的《儿童虐待防止法》中才有的内容。

保健师们当时到底应该怎么做才好呢？我整理了从几位专

家口中听来的意见：

听了聪子的描述，保健师应该立刻见雅美一面，坦诚地告诉她，她们担心雅美没有把孩子照顾好。肯定她在如此艰难的育儿环境下付出的努力，为之前没向她提供帮助而道歉。过早地为人父母是虐待风险增高的主要原因之一。即使仅从预防虐待的角度出发，保健师也有必要在问题变得严重之前和当事人建立联系，并在此基础上告诉雅美："今后我会经常来和你商量育儿方面的事，请让我看看你家里的样子。"

要想确认孩子的安全，至少要亲眼见到孩子。如果孩子在上幼儿园或保育园，就可以在外面观察孩子的状态。但对于一直在家中长大的幼儿，不到房间里去就见不到他们。保健师很有必要和母亲建立关系，以便出入于家中。

观察房间里的样子，不仅能确认虐待是否存在，还能更准确地了解育儿的状态。通过家中的清洁程度，可以窥见父母的家务能力和育儿能力。保健师还能以帮助育儿为由，看一看冰箱里有什么。如果没有基本食材，只有果汁或可乐，或许就意味着父母在孩子的饮食上照顾不周。

掌握家中的经济情况也很重要。如果家中没有洗衣机、冰箱，却摆着气派的音响、昂贵的电视，还买了车，则说明这户人家的生活可能存在经济失衡。这些贵重的物品也可能是贷款买的。如果一家人陷入大额债务的泥沼，父母的压力就会增大，对孩子可能会有不好的影响。

保健师应当先和雅美见几次面，建立起一定程度的信任后，再询问她的成长情况。了解她的父母是怎样把她养大的，她怎么看待父母，从而确认她和父母之间有无隔阂。也有必要告诉雅美，如果不愿意，就不要把孩子交给父母带。

如果年轻的父母在育儿过程中不打算依靠祖父母等亲戚的支持，就要另为他们准备一个地方，帮助他们育儿。多半是保育园、保育所之类的地方。

武丰町没有幼儿园，幼儿教育机构只有町立保育园。因此只要孩子满三周岁，监护人即便没有工作也可以让孩子入园。但未满两岁的孩子若要入园，则要求其父母必须都有工作，并且接收的名额非常有限。武丰町并未做出接收有遭受虐待危险的孩子的预案。

若虐待现象逐渐严重，父母及孩子身边的人有必要搭建起救助的人际网络。救助者本人需要向朋友坦率地诉说自己的想法和感受，需要在感到苦恼、困惑的时候得到有力的支持。

多次去雅美家家访的保健师本田当时只有四年工作经验，对虐待相关的知识缺乏了解。她身边的人也没有丰富的知识，对雅美的援助姿态实在称不上主动。本田必须赤手空拳地面对雅美母女。只能说，本田要经历的烦恼和困难是从一开始就注定了的。

进入九月，本田拜访了雅美家。她此行的主要目的是告诉雅美，九月二十八日给真奈的弟弟做三个月体检时也可以带上真奈。儿童福利士已经确定会在体检时出现，有不少父母带孩子体检时会将孩子的兄弟姐妹一起带到保健中心，请工作人员帮忙照看。本田应当做足雅美的工作，让她把真奈带来。如果错过这次机会，儿童福利士就只能等到十一月十七日真奈做口腔检查的时候再观察雅美母女的互动了。本田家访时，家里只有智则，于是托智则带了口信："大地做体检的时候，保健中心有专门的地方让姐姐真奈玩。请放心地带姐姐一起来吧。"

然而，雅美没有带上真奈。在现场等候的儿童福利士和保健师一起接待了雅美，问了她几个问题，但雅美的回答都很短，双方没有推心置腹地交谈。

"真奈现在很健康，吃饭正常了，平时爱在家里跑来跑去。丈夫一点儿忙也不帮。孩子的祖母工作很忙，我不好意思让她带孩子。"

儿童福利士和保健师好不容易才从雅美口中问出这些，却不知道育儿的实际情况究竟如何。

"真奈今天怎么没来？"本田问。

"祖母在帮着照顾她。"雅美回答。

"养孩子是件辛苦的事，您的母亲和您丈夫的母亲要是能帮忙就好了。"

听到这些，雅美的表情没有变化。

体检结束后，儿童福利士联系聪子，问她真奈的状态。聪子说："这段时间，我只有一次没能帮忙看孩子。不过，这孩子比以前能吃了，体重也增加了，之前被纸尿裤捂出的红肿也有了好转。"随后，保健师和儿童福利士商量后决定继续请真奈的祖母定期照看她，保健师同时持续家访。儿童福利士会在十一月的两岁儿童口腔检查时观察真奈的状态。

III 弟弟是个好孩子，但……

聪子单方面接走真奈一事，引起了雅美的反叛。真奈回家后伸手要雅美抱的样子和她对食物的喜好，都会引发雅美对真奈和聪子独处时的遐想。雅美总觉得，聪子有意宠着真奈，为的是让真奈喜欢上她。

雅美渐渐觉得真奈成了聪子的孩子，对聪子产生了近乎怨恨的情绪。

回到家的真奈得不到雅美的拥抱，大哭不止，情绪越来越不稳定。如果撒娇的对象频繁更换，小孩子的情绪就会不稳定，愈加不安。孩子会带着试探的意味，变本加厉地捣乱、撒娇、说任性的话。要想纠正这些问题，给孩子拥抱、让孩子放心远比斥责他们有效得多，雅美和智则却只会斥责、打骂真奈。夫妻俩认为真奈的任性是被聪子惯出来的，智则告诉雅美："教训她的时候就狠狠地教训。"后来夫妻俩商量好，不再让聪子照顾真奈，也明明白白地告诉了聪子。聪子表面上不以为然，但来接真奈的次数确实慢慢减少了。

九月三十日，本田在体检两天后再次拜访雅美，邀请她带孩子去娱乐教室。她还在十月一日带着娱乐教室巴士旅行的申请书，再次上门邀请。雅美含糊其词地应付过去，没有参加巴士旅行。雅美说，听说参加旅行要交五十日元的茶点费，而她当时手头很紧。不擅交际的雅美根本无法想象和一群陌生人去参加巴士旅行，更别说还要花钱，她压根没有去的欲望。

十一月十日，本田给雅美家打电话，再次邀请真奈去娱乐教室。雅美说"我们能去就去"，却没有行动。

无论怎么邀请，雅美都无动于衷，本田渐渐感到去雅美家拜访是一种徒劳。不过，她确实想不到其他的借口去观察雅美和真奈的状况了。

直到十一月十七日两岁儿童口腔检查那天，本田才再次见到真奈。雅美带真奈去检查时，和其他的母亲保持距离坐着，智则没有和她们一起去。看到雅美来了，本田不由得松了口气。

真奈穿着可爱的小衣服在保健中心走来走去，由内而外地表现出能顺畅走路的快活。她的脸上有了表情，给她看绘本时，她会把书抓在手里。她还主动去抓保健师的圆珠笔，给人一种在健康成长的感觉。体重也达到了九点七公斤，尽管个子偏矮，但确实增重了。真奈和雅美之间的交流看上去也很自然。本田说："我觉得母亲的情绪有了明显的变化，成了孩子的依靠。再加上本就不希望有虐待发生，当时确实松了口气。"

真奈和雅美的关系出现了反复。也许正因为聪子平时的介入，才激发了真奈的成长。雅美很介意他人的目光，这也可以解释真奈那天为什么穿得很可爱。

真奈去世后，本田十分自责。她很后悔当时只是为真奈的成长感到喜悦，却没有持续地关注雅美的心情。

这一天，儿童咨询所的儿童福利士和心理咨询员观察了雅美和真奈的状态，也认为真奈在顺利地发育成长。体检后，儿童福利士、心理咨询员和保健师碰头讨论，保健中心方面提到之前曾邀请雅美去娱乐教室，但雅美没有参加，并汇报了夏天之后的家访情况。儿童福利士要将此次观察到的情况和保健中心提供的消息带回儿童咨询所，商讨后再告诉保健中心今后的方案。

几天后，保健中心收到了儿童咨询所给出的结论："看样子不必再担心虐待的事了，等到三岁儿童体检的时候再观察一下。保健中心的保健师继续邀请雅美母女去娱乐教室，顺便创造机会和母女见面。"

听到儿童咨询所给出的判断，本田放心了。在真奈两岁这一年，本田一直相信，只要遵循专门解决虐待问题的儿童咨询所的指示就好。

然而，周遭的人都持乐观态度的两岁儿童口腔检查，对雅美来说却是从未有过的煎熬。其他的孩子会走、会跑、会说话、会寒暄，真奈却刚刚蹒跚学步，说不出有语意的词句。

回家后，雅美和智则商量真奈发育迟缓的事，智则却一直在玩游戏，只是"嗯嗯"地应付几句。

智则的母亲聪子毫不留情地斥责雅美："真奈可是会叫我'奶奶'哦。""就是因为老是没人和她说话，她才不会说的。""就算真奈不会说话，我也管不着。这就是你们的错。"

雅美问生母秀子怎么办，秀子也只是告诉她："每个孩子都是不一样的。有的孩子走路晚，也有的是说话晚。你多带她出去玩，多和她说话，多给她读故事就行了。"

雅美只能独自扛下因真奈发育迟缓引发的不安，她变得越来越自卑了。

两岁之后，真奈开始把大便蹭在榻榻米上。雅美尽可能地给她勤换纸尿裤、教她上厕所，却没有明显成效。除了对真奈怒吼、打骂，雅美再没别的办法。

"都和她发了那么多次火，为什么她就是不明白呢？"雅美陷入了绝望，自卑渐渐转化为自暴自弃，"大概我就是从那时开始，渐渐没了育儿的心气，对真奈的爱也一点点变少了吧。"她写道。

一九九九年十一月，聪子重新开始在酒馆工作，每个月只在周末接走真奈一两次。据说真奈在聪子家大便时，会有主动脱下纸尿裤的动作。只要及时给她换纸尿裤，就不会把周围弄脏。

十一月末，保健师本田在保健中心见到了雅美，她身边有一个和她年龄相仿的女性。那是她从小的玩伴信子。信子怀孕了，雅美陪她去保健中心领取母子手账。那天雅美看上去很高兴。

十二月十六日，本田去雅美家拜访，给真奈带去娱乐教室圣诞节派对时发的礼物。真奈开心地接过来，看看礼物，又看看本田。雅美催促道："怎么不说谢谢？"真奈没出声，但笑嘻嘻的。看到真奈脸上有了表情，本田的不安一点点打消了。

然而，雅美在给我的信中这样描述那次本田的家访：

> 现在我对保健师的想法已经和之前完全不同了，但当时，被逼得走投无路的我真的很讨厌她。有时候会想：她干吗要特意过来？她经常邀请我去儿童馆，虽说我当时的状态不是特别糟糕，但的确不适合去。现在想一想，那对保健师来说应该是一件很普通的事吧，但当时我的脑子根本转不过弯来，光是在想：你为什么要来？心里很烦。（略）
>
> 我不擅长和人交流，不会主动想要参加什么活动。（略）对我来说，在那种时候反而希望大家不要管我。

雅美和智则二○○○年寄出的贺年卡上，有两张在公寓里拍的照片。一张是智则抱着大地，另一张是雅美在真奈身旁比着"V"。照片旁边是这一年的生肖"龙"的插画和一行文字："今年也请多多关照我们一家。"但其实，一张照片并非挤不下一家四口，而且仔细观察，还会发现照片中的真奈脸上有伤。

新年后，大概从大地出生六个月开始，雅美开始将真奈和大地比较。大地对别人叫他的反应、翻身、爬行等技能的掌握都早于母子手账中规定的标准时间。有便意或尿意时会用哭声表达，肚子饿了会哭，有人哄就会笑，会"啊——啊——"地叫母亲，是个反应快、好带的孩子。雅美十分宠爱大地。

反观真奈，大人和她说话她几乎没有反应，也一直没有学会小便和大便。雅美认为，难以和真奈交流是因为真奈的性格不好。

雅美对真奈的情感，本就不仅仅是抗拒。这段时间的照片，拍下了真奈伸着胳膊模仿早安少女*舞蹈动作的样子。她坐在三叠大房间的餐椅上，一本正经地收拢手指，胳膊伸到镜头前面，或者露出成熟的笑容跳着舞。看着这些照片，我能感受到按下快门的母亲对模仿早安少女的女儿的爱，和享受舞蹈快乐的女儿对母亲情绪的应和。这其中是存在母女情感交流的。

二〇〇〇年四月四日，本田拜访雅美家。此行的主要目的是邀请雅美去新一年的娱乐教室。家访的时间推迟了一些，一方面是因为十一月的两岁儿童口腔检查时，儿童福利士判断无须担心虐待的事，另一方面是本田十二月中旬家访时真奈精神很好，让她安心了许多。

保健师主动去居民家中拜访时，需要注意上门的时间。不

---

* 早安少女：即"早安少女组"，日本女子流行歌曲偶像组合，成员皆为二十五岁以下的少女。

能去得太早，也不能赶上饭点。婴儿午睡的时候，母亲可能也在休息。合适的时间并不好找。

雅美在门口叫了一声"过来"，真奈就出现了。她身上照旧有尿骚味，但雅美将她抱在膝头，挠她痒痒，她笑得很开心。后来大地也来了，真奈明显不高兴，和弟弟抢着去搂母亲的腿。本田抱起真奈，真奈便挣扎着要去雅美那边。在活泼的大地的影响下，真奈也积极地行动起来。她的体重增加了，但身高似乎没什么变化。

这一天，本田向雅美发起邀请时，雅美开朗地主动询问了娱乐教室的地点和活动时间。她还主动告诉本田，真奈迟迟不会说话，自己很担心。本田告诉她，真奈听得懂大人的话，说明已经具备了理解能力，只要让真奈的生活中充满欢笑，孩子开口说话是迟早的事；而参加娱乐教室对孩子的发育是一个良好的刺激。雅美说真奈总爱在家里跑来跑去，本田便提议带真奈去娱乐教室，和小朋友们一起跑来跑去。当天，雅美笑着告诉本田，育儿是一件快乐的事。

这是本田最后一次见到真奈。

IV 购物依赖症

这一年的春天开始，智则一到休息日白天就和公司前辈去打高尔夫球或钓鱼，在家时则比之前更忘我地沉浸在游戏之中。往往是一回家就接通游戏机的电源，一直玩到该睡觉了为止。

休息日在家的时候，智则也没完没了地玩游戏。吃饭时也不放下游戏机，吃一口，玩一下。这种状态一直持续到真奈去世之前。雅美让他做家务，智则就说"太麻烦了"或"我累了，不想做"，从不帮忙。他对大地的态度也越来越恶劣。

"最痛苦的，大概就是我一个人要照顾两个孩子吧。丈夫智则每天都玩游戏……不上班的日子，他从早上就开始玩。我要他陪我一起去买东西，他总是一句'好麻烦——'就推掉了……那阵子，我的日子过得一点儿乐趣也没有……"

法庭上，被问到为何不关心雅美和真奈，智则的回答永远是："我一直认为男人负责在外面挣钱，女人负责家务和育儿。"

我问他对真奈的情绪为什么发生了变化，他在信中这样答道：

> 关于对真奈情绪的变化，这个问题很难回答，我思考了很久。要问我为什么会有变化，我想，主要还是我认为做家务和育儿是妻子的工作吧。因为有这种想法，我才逐渐将家务事推给妻子，去做我喜欢的事，比如沉浸在游戏之中。不过说实话，我对真奈的情绪具体发生了怎样的变化，我自己也说不清楚。另外我还想补充一点：在我看来，我的情绪是对家务、育儿这些事的整体情绪，并不是针对真奈的情绪。

他在另一封信中说道：

> 从小学开始我就一直玩游戏，有课的时候也会一大早就起来玩。那时候我就有过从早玩到晚的经历了，所以我不觉得案发当时自己格外沉迷于游戏。

他不认为自己在案发当时花了更多时间在游戏上。

真奈发育迟缓，大地日益活泼，这一倾向让雅美愈加失去了耐心。真奈一哭，雅美就心烦意乱。她在信中向我倾诉："我记不清自己有多少次想扔东西砸向哭个不停的孩子了。"

对智则来说，家不再是一个给他适度刺激，同时也让他享受快乐的舒适场所了。面对麻烦的事、必须处理的事，他选择退避三舍。这是他自幼学会的应对办法。随着家庭状况越来越糟，智则渐渐将自己封闭在孩提时代就已习惯了的游戏世界里。

雅美在法庭上和律师有过这样的对话。

雅美："大概从去年（二〇〇〇年）夏天开始，我们就不怎么说话了。"

律师："你有主动和他说过话吗？"

雅美："即使我主动，他也不像以前一样回应了。他会理我，但我觉得他没认真听我说话。八月份之后，我和他说过好几次，希望他好好听我说话。"

律师："你希望他听你说话是吗？"

雅美："正因为希望，我才那样对他说的。"

律师："但情况没有改变。"

雅美："没有改变。"

律师："那你是怎样的心情呢？"

雅美："我觉得寂寞。"

是的，雅美用近乎自言自语的语气，诉说自己的寂寞。

两个人刚开始交往时经常和对方交流，但聊的都是日常生活，比如在学校发生的事等。智则在审判中提到，他不曾和雅美提及自己内心深处特别的感受。雅美也表示，不记得智则和她说过什么不便透露给他人的话。智则在审判中说他和雅美简单谈起过自己的梦想，说过自己想要拥有怎样的家庭，但现在已经忘了当时是怎么说的。他还说，自己原本就不擅长表达情绪。

被爱的感受是雅美最重视的。和丈夫一起生活、组成家庭的一系列行动支撑着她的自尊，相应地，她也害怕因为孩子或家务和丈夫发生争执，从而导致和丈夫关系崩盘。她害怕和丈夫倾诉得过多会失去他的爱，这也是一种缺乏自信的表现。

两人通过互发手机消息与对方沟通。像很多年轻人一样，手机对他们来说是确认人与人关系的重要工具。直到真奈去世前，智则和雅美还在每天频繁地发手机消息给对方。无论实际相处状态如何，两人至少一直通过这种方式确认彼此之间的羁绊。

雅美用照片装饰着家中的每一个地方。和智则的双人合照，和好朋友开心玩耍的场景，和孩子一起度过的瞬间……她将中意的十几张照片装进壁挂式相框，挂在起居室的屏风前面。她在和朋友一起拍的照片上也写了"Best Friend（最好的朋友）"，放大后装饰起来。照片对雅美来说也是表达爱意的工具，同时还是确认爱意的媒介。

照片中的雅美大多比着"V"。内嵌在这一姿势中的幼稚举动，遮蔽了雅美内心深处的复杂情感，塑造出一个幸福的表象。

雅美所希望的"充满爱意的幸福生活"只存在于挂在家中的照片里。拍下照片并用它装饰房间的雅美无法面对现实，只能紧抓着照片中的世界不放。

四月二十日，本田打电话给雅美，电话是智则接的，告诉她雅美不在家。到了五月，本田又打了一次，雅美对她说："这段时间我在半田的驾校学车，去不了娱乐教室，学车时把孩子放在驾校的托儿所。"她的话比之前多了一些，说真奈最近走路已经走得很好了。本田想当然地以为，雅美学车时，是把真奈和大地一起放在驾校托儿所的。

其实雅美去驾校时只带着大地，将真奈放在家中。理由是带两个孩子出门很辛苦，以及不想让别人看到发育迟缓的真奈。她没想过让父母帮忙看孩子。秀子当时在做卡车司机，请不了假，没有时间。聪子那边，则是雅美不想让她看孩子。聪子渐渐无法将真奈接走了。

雅美决定去驾校学车，是因为她和秀子说自己想找工作时，秀子建议她考个驾照，试一试上门派送面包的工作。

"干活时可以把孩子放在副驾驶座位。智则马上就要发奖金了，应该够付驾校的学费。肯定也能分期付款。"秀子说。

一直到九月下旬，雅美都经常往返于员工宿舍和驾校，最后考取了驾照。

七月，本田觉得雅美大概学完车了，又打了电话给她。雅美说学习还没有结束，还向她抱怨自己唯一的育儿伙伴信子搬去了名古屋。雅美说暑期驾校无法预约，本田便邀请她星期四上午去娱乐教室。但雅美没有来。

雅美在审判中称，将两岁半的孩子放在家里，她并未感到多么不安。家里每天大概只有半天没有人，只有两次因为课时原因，她不得不从早到晚在驾校度过。真奈在家里饿着肚子度日的身影和小时候的雅美重叠起来。雅美之所以没有危机感，或许和自己有过相似的经历依然活了下来有关。

雅美不在意孩子们的饮食。前面已经提到，她喂真奈吃奶时不抱着她，而是用毛巾固定住奶瓶。大地出生后，她也没有从营养角度考虑，费心给孩子准备精细而规律的饮食。

真奈吃饭的姿势不太自然。她一岁半时，雅美曾告诉秀子，真奈不好好吃饭，自己不知道怎么办才好。但聪子和秀子在法庭上都提到，真奈是只要眼前有东西就会拿起来往嘴里塞的孩子，而且经常塞得嘴里放不下了还想吃。真奈对吃的感觉是混乱的。

在父母和孩子之间，有关吃的交流和爱的交流是重叠的。孩子并不会干等着让父母喂食，他们会在感到饥饿时发出信号。父母接收到信号后给孩子食物。亲子交流的基础存在于这一过程中。

刚刚出生的婴儿，只要喝到母乳、吃饱了，就会感到满足。母亲抱着因饱足而心情愉悦的孩子，也会感受到幸福。如果母亲心怀不安，给孩子喂奶时封闭自己的情感，则无法从容地感受到孩子的可爱。当情感的交流中断，含着奶嘴的婴儿即使吃再多奶，恐怕也不会觉得幸福。

孩子通过拒绝饮食表达自身的愤怒、悲伤或抗拒。在不吃饭的孩子面前，母亲束手无策，偶尔会火冒三丈。餐桌就成了母亲与孩子的战场。

成长过程中遭受虐待的孩子，有时即使感到饥饿也会拒绝进食。也有论文提到，有些孩子的身体没有病理问题，却一直拒绝进食，以致丧命。

阅读孩子遭遇虐待死亡的案例，我注意到，有些孩子遭遇暴力，是因为他们背着养育者偷偷吃东西。有不少施虐方的愤怒是因孩子进食不当引起的。我采访过的一位母亲告诉我，由于儿子不吃她花时间仔仔细细做的辅食，还把食物弄得到处都是，她狠狠打了儿子，在他脸上留下了瘀痕。

如果和父母情感沟通不畅，孩子有可能拒绝父母给的食物，但会接受别人的食物。这样的情况，大概也出现在了真奈身上。

食欲和感情是密切相关的。愤怒和悲伤有时会被进食化解，而过于浓重的情绪则会使人失去食欲。要想让孩子健康成长，将食欲和感情区分开来就显得至关重要。这样做也是在培养孩子控制饮食的能力。

饮食教育也为孩子的独立自主奠定了基础。伴随孩子的成长，母亲应当变换食物的形状、大小，督促孩子独立进食。育儿的一大目标，就是让孩子在三岁左右学会用勺子、叉子、筷子，根据自身的饥饿程度，不挑食地进食。

能否准确地感知饥饿，关系到孩子自我掌控力的养成。如果孩子饿着却不让他吃东西，或者饱了却硬是要他再吃，孩子就无法把握自身的感受，无法学会主动调整饮食。

要培养孩子调整饮食的能力，父母应当准确地感知孩子的温饱，针对具体情况做出反应。为此，父母首先要能感知自身的温饱，具备按自身感受调整饮食的能力，否则就无法准确接收孩子对他们发出的饮食信号。如果父母的自尊水平低，就会依照孩子的要求提供食物，不会限制孩子。

在饮食上，父母也会重现自己儿时的体验。自婴幼儿阶段起，秀子就不太管雅美。雅美上小学、初中的时候，如果没有吃的就不吃。没有人关心她的温饱，为她准备食物。雅美生儿育女的时候，对自身的饮食控制能力又有多少呢？进了看守所后，雅美似乎也常因过度饮食而需要减重，因此经常不吃饭。

雅美能满不在乎地将真奈放在家中去驾校，甚至一走就是一整天，是否也和孩子对饥饿的感受变得模糊有关呢？

雅美从驾校回来，发现独自留在家中的真奈把抽屉里的东西翻得乱七八糟，还撕坏了她很宝贝的邮购目录。雅美怒吼着打了真奈。

雅美一发火，大地立刻就不捣乱了，但真奈不以为然。真奈撕坏雅美宝贝的目录，大概是发泄她对被留在家中的愤怒和寂寞。而这一举动，又引起雅美更大的愤怒。

不再和智则交流的那个夏天，雅美的精神崩溃了。

初中毕业后，雅美就喜欢通过邮购的方式买衣服。婚后除了衣服，她还习惯通过这种方式购买家中的大小物件，每个月至少要买三次，大约花费一万日元。后来她邮购的频率增加到每星期两三次。她买的东西有家具、衣服、人气角色的周边等，每个月在邮购上的开销达三万至五万日元。智则的薪水大概十三万日元。房租八千三百日元。邮购支出让家里的经济压力越来越大。

八月后，雅美最快乐的时刻，就是看邮购目录的时候。得到想要的物品时，她便觉得幸福。以前的她连去医院的几百日元车费和真奈五十日元的茶点费都不舍得花，如今即使是数万日元的购物，她也几乎不会考虑家里的积蓄是否支撑得住。

在公开审判中，雅美说自己粗略计算过，认为只要分期付款，邮购支出应该不成问题。但她也意识到，一直这样下去迟早会支付不起，必须戒掉邮购的习惯。即使如此，她还是没有停止邮购，开始表现出类似于"购物依赖症"的状态。

她还接受过推销服务。前一年的三月前后，两人通过上门推销的方式买了避孕套，办了超过三十万日元的贷款。据说一次性买了上千个。公审时，夫妻俩对此表示"当时没必要买"，但"觉得今后应该用得上"。难道是被推销员强势的话术迷惑了吗？

二〇〇〇年的夏天，雅美又买下了上门推销的被褥。起初她是拒绝的。结婚时邮购买的被褥还好好的，没必要买。但推销员说被褥里面的棉花对健康影响很大，要把原先的被褥拿走检查，不由分说地放下了新被褥。雅美无法拒绝，只好签了约。

恶劣的被褥推销员经常使用这招。他们巧言令色地化解消费者的疑虑，表示要看家中用的被褥，挤进家门。有时甚至会剪开消费者家中正在用的被褥外套，看里面的材质。独居的老人、年轻人、缺乏商品知识的人是他们的目标客户。推销员往往在客户自尊水平低的时候亲昵地上前搭话，一旦聊起来，客户就很难干脆地甩掉他们。他们总是乘人之危。被褥的上门推销问题尤其多，为此，法律特别为这类产品的消费规定了八天的冷静期，即可以取消合同的期限。

当时，推销员大概半个月左右去雅美家一次，还推荐雅美为孩子购买单价七八十万日元的单人被。全部费用共计一百七八十万日元。雅美用信用卡分期支付，每个月需为单人被还款八千七百日元，为双人被还款九千九百日元。雅美还通过上门推销买了净水器等物品。

公开审判时，律师问雅美：是不是对方态度强硬，你就无法拒绝？雅美回答：是。不过，她也曾坚决拒绝购买上门推销的被褥。那是怀着大地，只需抚养真奈的时候。由于产期将近，她开始记账。为了给真奈看病，她定期带真奈去医院。那时候，她还积极主动地想把这个家健康地经营下去。那时候，真奈发育迟缓的问题还未完全显现，聪子也未开始干涉育儿。

雅美身边没有阻止她草率购物的人。签避孕套购买合同的时候，智则也在场。至于被褥，雅美好像告诉智则并不是很贵，但智则肯定知道家里当时没必要买被褥。

花费一百七八十万日元购买被褥后，雅美在门口贴了"拒绝推销"的字条。据说那之后，就没再受到上门推销的侵扰了。

大概从这段时间起，雅美开始频繁地发消息给母亲秀子。大概二三十分钟发一条，是此前从未有过的频率。"你现在在哪儿？""在干什么？"——都是这些无关痛痒的内容。这也可以说是一种依赖症吧。秀子几乎每条消息都会回复。这一行为一直持续到十二月十日，也就是警方发现真奈去世那天。

秀子说，她没有察觉出其中的异样。雅美对她说"发消息的时候，我觉得好像妈妈就在身边"，于是她只想着赶快回消息。

或许秀子也在通过发送消息的行动在心里确认自己是雅美的母亲，然而，她缺乏从母亲的角度感受女儿雅美真正的需求并进行干预的能力。

不过，星期天雅美是不发消息的。据说不发消息的原因是那天母亲休息，而雅美讨厌和母亲同居的那个女人。

七月中旬起，真奈就已食欲不振，到了八月上旬，雅美给她的饭总会剩下一半，人也开始急剧消瘦。雅美去驾校期间，真奈长时间被留在家中，也许是因为悲伤和愤怒吃不下东西。雅美却以为真奈的状态是不习惯夏日的炎热所致。

八月二日，秀子如往常一样在月初来雅美家，看到真奈瘦成这样，不禁吓了一跳。真奈失去了表情，几乎没有力气站起来。秀子见过这般状态的孩子，长子小时候曾因感冒恶化引起呕吐和腹泻，最后出现了脱水的症状，去武丰町内的医院打点滴才保住了性命。真奈当时的模样，和秀子记忆中长子生病时的样子很像。

雅美告诉秀子，真奈太瘦了，她也很担心。秀子和雅美讲了长子小时候的事，劝她带真奈去医院："去医院的话，医生会给打点滴的。"

雅美等到智则发薪水那天，带真奈去了医院。

第四章

饿死

I 命运的会议

　　二〇〇〇年八月十五日，半田医院的医生，儿科部长中岛佐智慧见到了一对走进诊疗室的母女，小女孩的消瘦引起了她的注意。虽然没有瘦到谁看了都觉得异常的地步，但孩子身材矮小，粗糙的皮肤像老人一般松弛。

　　母亲带来一封武丰町内的私人医院开的介绍信。信上写道，孩子体重过轻，高度脑萎缩，还附了一张 CT 照片。中岛看了片子，但并未看出脑萎缩的迹象。

　　女孩两岁零九个月，但站立不稳，中岛记得，当时是护士或母亲抱着她站到体重秤上的。护士报出她的体重：九公斤整。这个年龄段的孩子，体重的平均值在十二点五公斤左右。真奈的体重明显不达标。中岛起初怀疑孩子患有内分泌失常引起的代谢性疾病，导致发育缓慢，但问诊时，母亲面无表情的样子令她感到蹊跷。真奈去世一个月后，中岛这样说道：

"一般来说，不用我问，做母亲的就会主动告诉我孩子出现了什么问题。但当时我问'她怎么了？'母亲却只说'是其他医院介绍我们过来的'，我都不知道她们母女为什么要来。那孩子以前曾因慢性硬膜下血肿住过院，但我问起这方面情况，看那位母亲的样子，像是记不清楚孩子是什么时候生的病似的。不管我问什么，对方都显得漫不经心。我觉得孩子的病反而是其次的，重点是做母亲的没有在育儿上下功夫。"

从中岛的话中也不难推测，雅美当时的精神状态并不正常。

在中岛看来，真奈似乎并不讨厌她的妈妈，但她面无表情。因为要采血，中岛让真奈躺在旁边的床上，脱下纸尿裤，她一下子就看到了真奈外阴上的污垢。那污垢像是很久以前就有的。血液检查和腹部、胸部 X 光检查都没有问题。

中岛想过这也许是忽视的表现，但没有肯定的把握。之前她给受虐待的孩子看过病，有过向儿童咨询所举报，并协助儿童咨询所将父母和孩子从虐待中拯救出来的经验。但她经手的都是身体虐待的案例，这是她第一次见到疑似存在忽视的母女。

怀疑有身体虐待发生时，如果没有确凿的证据，医生可以确认孩子身上的伤口和瘢痕，拍下照片，之后和有关部门讨论。也可以借口孩子身上有伤，让孩子住院，然后判断是否存在虐待。即使父母不承认虐待，也要在确保孩子安全的基础上妥善思考应对措施。可真奈身上又没有伤。

尽管如此，中岛还是想进一步确认是否存在虐待，于是建议孩子住院。但雅美以大地没人照顾为由，拒绝办理住院手续。中岛无法进一步劝说。半田医院的儿科规定，婴幼儿住院需要父母陪同。不仅雅美如此，此前也有父母以家中还有其他小孩为由，拒绝让孩子住院。中岛叮嘱雅美一星期后再来一趟，然后就让母女俩回家了。她这样做，是想保持和这对母女的联系。

辩护团认为，医生没让真奈住院是案件的重大争点。中岛作为证人出庭时，律师多田元将八月十五日看诊中发现的问题列举如下：

> 真奈没有机体病症，也看不出精神疾病或自闭症的迹象。
> 体重显著减轻。
> 营养不良。
> 身上有长期存留的污垢。
> 母亲向医生说明孩子的症状和状态时显得不自然。
> 能够看出，母亲对孩子面无表情的状态并不感到担忧。

多田询问中岛，将这些问题综合起来考虑，不是已经足以诊断出真奈很有可能正在遭受典型的忽视吗？中岛回答："是的，我也这么认为。"案发后，中岛阅读有关忽视的文献，从反省的角度复盘了当时的情况。

多田进一步追问，真奈的情况是否应该诊断很可能属于忽视中的重症、急症呢？中岛回答"是"，并进一步做证：

"我以前诊断过的几起虐待病患遭遇的不是忽视，而是身体上的损伤。既然孩子受伤了，我自然可以不由分说地要求他们住院。而真奈虽然摇摇晃晃地站不住，但她还有精神，没到母亲不抱就起不来的程度。于是，我就没想夸大事实，让孩子住院。我也担心自己说的话太重。但那之后，我也读了很多相关的书，意识到那时的确是一个挽回悲剧的机会。现在我认为，当时还是应该让真奈住院。"

忽视严重的时候，当事人会倾向于切断与外界的联系。雅美内心几经挣扎才来到医院，面对医生时几乎面无表情。如果情况进一步恶化，她肯定连医院也不会来了。但忽视儿童的母亲站在医生面前时，医生要做出恰当的诊断，是需要经验和相关知识的。不知如何处理的时候，医生应该做最坏的打算。但当时，院方没有这样做。

雅美说，带真奈去医院时，她并不想对周遭隐瞒真奈的真实情况。但面对真奈时，她有一种"不情愿"的抗拒心理。

公开审判时，雅美说自己拒绝让真奈住院，一是因为大地会无人看管，二是担心过高的开销。她说如果能找到人照顾大地，家里又没有经济负担，自己是会让真奈住院的。

也许雅美那时想起了大约两年前，真奈因硬膜下血肿住院的事：日用品的购买，交通费的增加，每天都要住在医院，连家也回不去。如今没人帮忙，家里又多了一个孩子，她实在无法想象住院后的日子要怎么过。

秀子收到雅美发来的消息，得知她带真奈去了医院。秀子以为真奈多半会住院，于是开车去了医院一趟。真奈比八月上旬见到时胖了一些。雅美说不让真奈住院，秀子就将母女俩送回了家。

那天，雅美将检查结果讲给智则听，智则没有表现出特别的关心。

看诊后，中岛和护士商量后得出结论：就雅美和真奈当下的状态，还是应该让真奈住院，确认是否存在忽视。傍晚，护士给半田保健所打了电话。半田保健所告诉我，当时的电话内容是这样的：

"有一对母女过来看病，我们怀疑存在忽视现象，劝母亲让孩子住院，但母亲拒绝了。医院这边希望病患家里的另一个小孩能在病患住院期间得到照顾，所以想请您那边去做一次家访，建议让病患住院。接下来我们想和负责的保健师对接。"

半田保健所直到此时才介入雅美和真奈的个案。中岛说："一开始和保健所商量，是因为真奈当时不到三岁，应该有人给她做过婴幼儿体检，我想得知有关她的更多信息。我们以为保健所肯定会向儿童咨询所通报这一情况。"

由于还不确定是否存在虐待，中岛认为事实确认很重要。如果真奈有生命危险，儿童咨询所有官方职权，可以保护她的生命安全。但中岛当时还未想到这一步。

半田保健所联系武丰保健中心，得知武丰保健中心早在一年前就已针对雅美和真奈的个案和半田儿童咨询所建立了联系。

保健所作为县级机构，和町级机构保健中心是上下级的关系。

听说半田保健所介入了雅美和真奈的个案，保健师本田心想："糟了！"她立刻给智则的母亲聪子打电话，聪子赶到了保健中心。本田致电中岛医生，聪子接过电话告诉中岛："真奈的父母不怎么管她，父亲讨厌小孩。我看不下去，就把孩子接走照顾，可父母渐渐不让我插手，最近都不让我见孩子了。我也去过儿童咨询所，但事情没有得到解决。"

聪子和武丰保健中心的保健师们沟通，表示之前是在不影响工作的前提下接走真奈照料的，今后一段时间可以一边工作一边照顾她。

中岛和聪子通话时，告诉聪子儿童咨询所已经介入此事。但没有向保健所或保健中心确认他们是否会向儿童咨询所举报，以及之前是否举报过此事。

八月十七日，半田保健所的保健师来到半田医院。本该负责此事的保健师休产假了，由其他员工接替她的工作。而这名员工并不具备和虐待相关的知识和经验。该员工在去医院前，先去离保健所二百米左右的半田儿童咨询所查阅资料，了解一年前真奈发生了什么。她还见了负责真奈的儿童福利士，但去年的负责人已经调职，换了别人接手。

时任半田儿童咨询所所长的稻垣守说："保健所得知我们已经介入此事，来咨询有关情况。当时我们这边讲述了我们了解的信息，但对方并未详细告诉我们医院那边的情况。如果保健所那边告诉我们，孩子消瘦，父母放弃育儿，我们肯定会派人参加当天的会议。但对方没提到这些。"

儿童福利士未被要求和保健师一起去医院，她告诉保健师，如果需要儿童咨询所介入，就随时联系。

在爱知县下属的七个儿童咨询所之中，半田儿童咨询所对防止虐待的态度尤其主动。他们积极行使儿童咨询所的各项权限，包括基于《儿童福利法》第二十八条对儿童临时监护的强力措施——得到家事法庭的许可后，可以不经监护人同意将儿童送入福利院等设施，确保其生命安全。他们能够在学校、警方、医院、民生委员及儿童家属等相关人士的协助下，抓住放学的机会带走孩子。做到这些，需要周全的准备和决策力。

一九九九年，爱知县内有两起基于《儿童福利法》第二十八条将儿童临时监护的案例，其中一例就是半田儿童咨询所经手的。在真奈去世的二〇〇〇年，县内有五起儿童临时监护案例，其中两例也由该咨询所接办。真奈的负责人经验丰富，是半田儿童咨询所中积极参与上述棘手案例的儿童福利士。当时她手上同时处理着几起关乎孩子性命的案例，正在落实一系列举措，为分开父母和孩子做准备，忙得几乎分身乏术。雅美和真奈的情况属于忽视，不会立刻危害到孩子的性命。听说真奈的医生是曾经合作过好几次的中岛，儿童福利士放心了不少。她觉得，如果中岛认为有危险，一定会告诉儿童咨询所的。

半田保健所的保健师见到武丰保健中心的本田，两人一起来到半田医院。和中岛医生还有护士一起，四个人商量了雅美和真奈母女的事。

中岛说:"我们听武丰保健中心的保健师(本田)说,真奈从小就没有得到很好的照料,她一直在跟进这对母女的情况。再加上前一天听了孩子的祖母在电话里说的事,我表示希望能尽快带孩子来住院,如果无论如何也没法住院,也希望能让这对母女多来看几次门诊,和我们保持联系。真奈没有机体病症,作为医疗机构,我们能做的事情不多,后面要靠保健所在院外给母女俩提供育儿支持。相对来说,我们只能尽力打配合。"

在中岛看来,既然儿童咨询所都出动了,她一定会尽力帮忙。

本田说:"中岛医生告诉我们,她已经定下了下一次看诊的时间,我们必须让孩子到医院来,否则就无法确认她的人身安全。

"我想,母亲(雅美)之所以带孩子来医院,肯定是注意到孩子不吃东西、消瘦等问题了,如果她能带孩子来听医生讲讲检查结果就好了。但我更担心在来医院之前,母亲能否让孩子在家里吃好饭,心想一定要尽早到家里看看情况。"

和雅美接触过程中稍有不慎,可能会让她有被谴责的感觉,从而不来医院,这是大家当时最担心的。大家商量后决定由一直和雅美有来往的本田去确认雅美家里的状况。如果本田家访后还是没有把握,再想其他办法。

中岛和本田听半田保健所的保健师说,负责真奈的儿童福利士知道大家今天开会的事。中岛和本田都觉得,既然儿童福利士没有出席,大概是对方判断事态还不是特别严重。

虐待的危险程度不能仅凭孩子的健康状态和伤势判断，还需要深入施虐者的内心，去考虑他们的心理健康状态。必须搜集和亲子相关的各类信息，在综合判断的基础上思考处理办法。

　　因此，当事人身边的相关人士召开网络协作会议，坦诚交流信息，找出问题关键，寻求救助办法往往是有效的处理方式。所谓"身边的相关人士"，指的是儿童咨询所的儿童福利士、保育园或幼儿园及学校的班主任和与孩子有关的老师，医院的医生和护士、保健师、民生委员、警察、邻居和亲戚等。这些人尽可能多地收集信息并进行交流，可以准确了解涉案家庭的情况和状态，判断个案的危险程度。参与救助的人也能同步具备危机感，知道自己在救助孩子过程中具体发挥怎样的作用，明确具体分工，就有了解决问题的力量。

　　在这种情况下，关键是要营造一个空间，让参与救助的人抛开身份地位和所处的立场，互通有无，说出自己的担忧和感受。在了解虐待事实并应对的过程中，个体的感受是非常重要的。如果有权力的人掌控大局，评判其他成员的努力成果，人们可能会以组织结构性为重，最终导致个体感受被压制，救助者无法掌握重要信息。另外，救助施虐者的人，尤其应该被允许站在当事人的立场考虑问题。

　　会谈中需要调停者，但这一角色需要沟通能力强的人来担任。根据实际情况，这样的会谈可以多进行几次，也可以只进行一次。

在优秀的网络协作组织中，施虐方身边的相关人士能以伙伴的关系相互体谅彼此的辛苦和内心的动摇，合力解决问题。最终能否成功救助施虐者和受虐待的孩子，往往取决于组织成员之间的关系是否坚实。

很遗憾，那天在半田医院的会谈结果并不理想。

半田保健所的保健师在会谈中承担主要职责，但她缺乏有关儿童虐待的知识，对于雅美和真奈的情况一无所知。饶是如此，半田保健所仍然要发挥监督医院和武丰保健中心的作用，具备指挥双方的力量。

武丰保健中心的本田负责定期探望雅美母女，但她几乎是本能地遵照儿童咨询所的指示办事，未能把握主要问题、推动各方机构发力。而实际上，她应该贴近雅美母女的生活，站在她们的角度来考虑问题。

在防止儿童虐待方面有官方职权的儿童咨询所未参与此次会谈。保健所的保健师向儿童咨询所转达了会谈结果，但也仅限于机构之间的事务性转达。

二〇〇〇年一月，半田保健所保健师的领导、区域保健课长接受我的采访时说："保健所和儿童咨询所，在同县的派出机构当中属于并列关系。此时本应由儿童咨询所向我们发起协作邀请，但对方并没有这样做。我们不能敦促儿资（儿童咨询所）介入此事，是否介入应该尊重他们的判断。我们只是在会谈前听半田儿资讲述了个案概要，之后将会谈的内容转达给他们。保健所没有敦促义务。"

从他的话中不难推测，行政机关的职责分配观念对救助过程影响颇深。

　　本田回到保健中心后，汇报了会谈的结果。她和同事商量去雅美家家访时该找什么借口，由于已经有一阵子没见面了，最后还是决定和以前一样，邀请雅美母女去娱乐教室。

　　本田当天就拜访了雅美家。四月四日家访后，她给雅美打过两次电话，但两人已有四个半月没见过面了。门铃响后，雅美开了门。"真奈还好吗？"本田一问，雅美便主动告诉她自己不久前带真奈去医院做了检查，医生说真奈并无大碍，但要她们这个月二十一日再去听取检查结果等事。雅美还告诉本田，真奈之所以瘦，是因为自己前段时间忙着去驾校，没照顾好她。言谈话语间，她似乎并没有钻牛角尖的地方，也没表现出对本田的防备，说话时很放松。

　　本田告诉雅美，真奈的主治医生中岛是保健中心推荐的医生，孩子有什么不舒服都可以放心地去找她。"好呀——"雅美答话时拖长了语尾。她说真奈"在睡觉"，没让本田见到孩子。

　　二十一日，雅美应该会带真奈去医院的吧——想到这里，本田多少放心了些。她将家访的情况转告给保健所的保健师和半田医院。

II 错失良机

八月二十一日，雅美带真奈来到医院。中岛看到两人的状态，有些不敢相信自己的眼睛。六天前还面无表情的雅美，此时显得沉稳了许多。真奈笑嘻嘻地伸出双手，雅美就将她抱了起来，整个动作十分自然。这对母女看上去亲密无间。真奈皮肤的色泽和之前相比，简直判若两人。中岛在法庭上做证：

"第一印象里，真奈的表情特别明亮，我都怀疑上次是我多心了。"

真奈的体重由之前的九公斤涨到了十一公斤。采访时，中岛这样对我说：

"孩子一下子增重这么多，这是我之前没遇到过的情况。换成大人的话，相当于一星期之内增重十公斤，起初我还以为体重计出了问题。然后我告诫自己：可不能非要说人家是虐待啊。"

雅美向中岛解释："孩子比之前能吃了很多，现在食欲很好。"中岛在诊疗记录上写下，"AS：本人也笑呵呵的？看来不是 child abuse（儿童虐待）啊……"

"AS"是英语"assessment"的缩写，有鉴定、评估的意思。这段话的意思是，医生认为"似乎不是虐待，但仍存疑"。

中岛原本打算等雅美再来看诊时，一定要让真奈住院。但这次看诊使她打消了这一念头。原来真奈一直以来都是忽胖忽瘦，勉强被带大的。今后做母亲的也许依然会这样将她带大——中岛这样想。

但对于忽视的疑虑还没有完全打消。为了保持和雅美母女接触，中岛让雅美给真奈预约了一个月后，也就是九月二十一日的核磁共振检查。

中岛将看诊情况转告给两边的保健师，并通过半田保健所的保健师将消息转告给了儿童咨询所。所有人都觉得是之前担心过了头，松了口气。

但案发之后，中岛阅读了关于虐待的专业书籍，为自己当时的判断感到后悔。忽视的判断要点之一，就是孩子体重的激增。当时中岛应该判断存在忽视的可能性很高，立即让真奈住院。

那么，真奈是怎样增重，且有了丰富的表情的呢？十七日，雅美听医生说孩子需要住院，感到情况不妙，于是将饭菜递到真奈嘴边，喂她吃饭。看到真奈的体重迅速增加，雅美这才放下心来。以前她只是把饭菜放在真奈面前了事，真奈通常会剩下大半。聪子一向是喂真奈吃饭的，但雅美觉得这是在惯着孩子，很不乐意。雅美之前很抗拒喂孩子吃饭。

对孩子来说，从母亲（养育者）那里获得食物，意味着接受爱意。相应地，孩子吃下母亲提供的食物并变得健康，也能让母亲获得爱意被接受的充实感。

雅美用勺子将饭菜送到真奈口中的那一刻，真奈不知有多高兴。雅美看到真奈恢复健康，表情也渐渐丰富起来，一定也找回了做母亲的自信。

二十一日看诊时，母女俩看上去都很轻松，关系也显得自然，大概是因为饮食的调整加深了彼此的联结吧。

第十次公开审判中，雅美回答律师的提问时，吞吞吐吐、一句一顿地说出了下面的话：

"最开始去医院看病时，我觉得真奈很烦。但第二次去的时候，心态就平和了。我对真奈的感觉，和对大地的感觉一样了。"

然而，看诊这天之后，雅美突然不喂真奈吃饭了。在法庭上，她说这样做的原因是"认为真奈已经没事了"。

九月二日，员工社区举行除草活动。那一年智则是楼长，全家都参与了活动。住在楼下的主妇岩田曾看到真奈在大家除草时站在墙边。真奈因硬膜下血肿住院后，岩田大概有两年没有见到过她。在岩田的记忆中，真奈的小脸是胖嘟嘟的，可现在，真奈的脸瘦了很多，显得眼睛很大。除此以外，她没看出其他异常。

雅美一直惧怕让别人看到发育明显迟缓的真奈，除草时，她完全可以将真奈留在家里。但是和全楼的人一起干活的时候，她还是把真奈带下了楼，可见当时雅美和真奈的关系并不坏。

第二天，秀子和俊介一起去雅美家，大家出门购物。秀子看到真奈胖了，放心了许多。她叫真奈"过来"，真奈便慢悠悠地挪到她面前，举高了双手要她抱。那时，真奈的脸上带着笑容。

不久前，智则的养父、聪子的前夫村田博之来过家里一趟，告诉夫妻俩聪子想接走真奈，希望真奈至少和她一起住两个月。聪子和保健中心商量后决定接走真奈，由于智则遇到问题总是激烈地顶撞她，却可以和博之坦诚地沟通，于是聪子拜托博之来说服二人。

博之走后，雅美告诉智则，自己不想让聪子照顾真奈。但她没有要求智则拒绝聪子的提议。她在法庭上这样解释自己当时的心情：

"因为我觉得，我们俩都不太顾得上真奈，如果能让她待在有人陪她玩的地方，也许对她来说是件好事。"

雅美发现自己无法好好地抚养真奈长大。她也希望真奈能够健康成长。

这一次，智则没有答复聪子的要求，假装什么事都没有发生。九月三日前后，聪子突然到家里来，带走了真奈。雅美给秀子发了消息："阿姨（聪子）把真奈带走了，连孩子的衣服都没拿。"智则回家后，听说真奈被带走，依然沉浸在游戏之中，不闻不问。

聪子照看真奈的这段时间，经常和真奈一起看绘本，教她说话。看到花就对她说"真可爱呀"，吃饭时对她说"好好吃呀"，真奈撞到东西时对她说"好痛"，真奈渐渐地学会了说话。她排便时会做出褪下纸尿裤的动作向大人示意，也有了自己穿脱毛衣、裤子、鞋子的意识，还学会了用铅笔在纸上画线。

真奈不在家的那段时间，雅美和智则一次也没联系聪子。雅美供述道，自己虽然担心真奈，但不想和聪子说话。聪子也没有主动联系她。

那段时间，雅美偶然从电视里的育儿节目中看到，真奈这个年纪的孩子就是容易给大人捣乱。她松了口气："看来真奈并不是不正常的孩子，她捣乱的时候，我也不必生气。"

雅美开始考虑将真奈从三叠大的房间放出去，和大地一起在四叠半和六叠大的房间里接受照料。她也告诉智则，等真奈回家后，大家就在一起正常地生活。智则没有回应，但雅美将厨房的碗橱、冰箱、米柜等家具搬到了三叠大的房间，只留下能让一个成年人自由出入的空间，方便从这里进出厨房。她将挡在六叠大房间前面的儿童围栏换了地方，安在四叠半和六叠大的房间之间，防止大地从卧室跑到起居室去。

如果心态上没有转变，雅美是不会改换房间格局的。真奈不在眼前，育儿的压力减少了一半。雅美开始觉得，自己或许能将真奈健康地养大，渐渐地有了改变的决心。

雅美的精神状态并不健康。她也经常将大地留在四叠半大的房间，独自在六叠大的起居室翻看邮购目录。八月以后，浏览目录成了她每天最快乐的一段时光。近乎购物依赖症的状态仍在持续，家里堆满了衣服、鞋子和各种小物件。智则仍然除了工作就是玩游戏。

九月二十一日，是该带真奈做核磁共振的日子。不久前，聪子给半田医院打了电话，说真奈在自己家，自己因为上班不能带她去检查，希望变更检查日期。院方将日期调整为十月十四日。聪子没告诉雅美变更检查日期的事。

而在九月上旬，儿童咨询所方面负责真奈的儿童福利士因其他公务到武丰保健中心办事，见到了保健师本田。两人聊到雅美和真奈的情况，感叹幸好这对母女没什么大事。这是本田第一次和负责真奈的儿童福利士聊起此事，也是最后一次。

本田记得二十一日是真奈做检查的日子，于是给医院打电话，询问她是否需要到场。听说检查日期延后了，她便在当天去雅美他们的员工宿舍拜访。

本田问雅美真奈怎么样，雅美老实地告诉她，真奈现在在聪子家，之前自己带真奈出过门等等。随后很自然地和她聊到担心真奈说话太晚，想在明年四月送真奈去保育园等想法。本田邀请道："无论什么样的孩子，都要花一段时间才能适应在保育园的生活。为了培养真奈和朋友一起玩的习惯，最好是能带她来娱乐教室。"雅美看了看教室的宣传单，问："我可以和朋友一起去看看吗？"本田立刻回答，不方便和朋友一起去。这是娱乐教室的规定。案发后，本田很后悔自己当时的反应。她深深地反省：当时应该先答应下来，再回去和其他员工商量。

第二天，聪子把真奈送回家。说是要出远门参加法事，不能带真奈一起去。雅美很不高兴，觉得聪子向来只顾自己，从不考虑别人的感受，但当着聪子的面她什么也没说。

秀子收到雅美发来的消息，她在消息中愤怒地抱怨真奈回家后变得很爱撒娇、很任性，跟"阿姨"一模一样。秀子回复雅美："这可真难办啊。"

两三天后，聪子参加完法事回来，又把真奈接走。

九月底，雅美拿到驾照，贷款买了一辆一百零七万日元的二手车。她在法庭上说："我想过，以智则的收入或许买不起车，但还是想买，就买了。"律师问："你控制不住自己吗？"她犹豫了一下，回答："控制不住。"雅美那时已经失去了自制力，经济上也捉襟见肘。

III　唯一一次和妈妈说话

十月二日，聪子突然把真奈送回了家。原本约好照看真奈两个月，但前一天她打电话给智则，说自己身体吃不消，要把真奈送回来。公开审判中，智则说，听到真奈要回来时，自己觉得"有点儿烦"。在同一场公开审判中，雅美说，自己当时一方面觉得聪子任性，一方面又很想努力抚养真奈。

雅美在门口接过被聪子抱在怀里的真奈，就在那一瞬，真奈像炸了窝似的哭了起来。雅美感到很受伤，忍不住也哭了。站在一旁的智则对真奈说："为什么哭呀？你看，妈妈也哭了。"

真奈身上，有聪子常抽的柔和七星的烟味。雅美立刻带真奈到浴室，脱掉她的衣服，用力搓洗她的身体。雅美想洗去那烟味，那味道让她有一种强烈的感觉：真奈属于聪子。当时真奈的体重是十二点六公斤左右，穿着聪子给她买的崭新的衣服。

回家后，真奈扭着身子冲着雅美，一直伸手做出"要抱抱"

的姿势。雅美让她坐在移到六叠大房间的儿童餐桌配套的餐椅上，将面包和果汁摆在真奈面前，但真奈没有表现出要吃的意思。聪子惯坏了真奈，没有锻炼真奈走路、自己吃饭的能力。真奈想把和聪子一起生活的习惯带进这个家——雅美产生了这样的想法，看着不听话的真奈，眼前出现了聪子的脸，脑海中响起聪子独特的嗓音。这样的情况每出现一次，仿佛都在告诉她：真奈属于聪子。

雅美觉得，真奈看他们的眼神好像和之前不一样了。以前那个纯真无邪、内心里接受父母的真奈不见了。在看守所时，雅美在本子上写下了这样的话：

> 九月到十月，聪子接走真奈的这一个月，狠狠地报复了我们……

她在看守所时给我写的信中说道：

> 我想，如果当时我们再努力一点，跨过那道坎，事情也许就不会发展到今天的地步……但事实是，我憎恨身上有吉川影子的真奈。我讨厌她，无法控制地讨厌她。真奈一点儿错也没有，我却被情绪所困，自顾自地讨厌了她。我太差劲了。如果我当时勇敢面对，不认输就好了……可那时的我做不到。

雅美每天都和母亲秀子发很多条消息，却没有告诉她真奈回来了。女儿拒绝了自己——作为一个母亲，雅美讲不出这个事实。

以下是雅美在公开审判中和律师的对话。

律师："对你来说，母亲靠得住吗？"

雅美："不怎么靠得住。"

律师："她是一位怎样的母亲？"

雅美："她更像我的朋友。"

律师："你们之间经常聊哪些话题？"

雅美："会聊喜欢的人、在学校发生了什么事之类的。"

律师："能聊深层次的内容吗？"

雅美："不能。"

直到真奈去世，秀子都以为她还在聪子身边。十月和十一月的月初，秀子像往常一样和俊介一起去员工宿舍，邀雅美出门购物。平时大家一起出门之前或购物回来后，秀子他们都会在雅美家里坐一会儿，但这两次都是雅美独自下楼来，告诉他们智则在照看大地，没请他们上楼。秀子也没觉得可疑，并未强行要求去雅美家。

雅美也没有告诉好朋友信子真奈回来的事。身为母亲却被女儿拒绝，这件事给雅美带来的冲击是如此之大。

直到十月中旬，雅美还带真奈和大地一起去公园，在六叠大的房间玩，给真奈拍照，给真奈换纸尿裤，也给她准备一日三餐。

一天中午，雅美让真奈坐在六叠大房间里的餐椅上，自己坐在餐桌前，把大地抱在腿上，三个人一起吃面包。真奈穿着聪子买给她的崭新的衣服。雅美拆开巧克力碎面包和蒸蛋糕的袋子递给孩子们，喂他们喝牛奶。她自己喝果汁。

　　真奈手里拿着面包大口地吃着，笑着对雅美说："好七（好吃）。"

　　雅美愣了愣，这是她第一次听到真奈说话。同时，喜悦涌上心头。"好吃吧！"雅美笑着回应，自己也吃了一口面包。

　　"好七"是真奈一生和妈妈说的唯一一句话。这句话是在聪子身边学会的。之后她便一言不发，也没叫过雅美"妈妈"。

　　真奈仍然热衷于捣乱。她将抽屉拉开，把里面翻得乱糟糟的。即使用胶带封住抽屉，胶带也会被她揭下来。雅美怒吼着对她动了手。"孩子就是容易给大人捣乱"的认知，早已被她抛到了九霄云外。

　　智则也觉得真奈这次回家后，捣乱的情况愈加严重了。他还觉得真奈看自己的眼神总像在瞪着自己。看到雅美喂真奈吃饭的情景，智则觉得雅美之前能做到的事如今反而做不到了。智则允许大地撒娇，真奈撒娇时他却会生气。真奈感受到智则的抗拒，对智则也抗拒起来。智则于是更加拒绝接受真奈。他沉浸在游戏的世界里，不和真奈讲话。

　　被捕后，智则被转交到看守所，在给雅美的信中写到了讨厌真奈的原因。雅美将信誊写在本子上。

起居室是我们的生活空间，真奈在那里度过的时间没有在三叠大的房间待得长。（略）后面她偶尔到起居室来，发出声音，这种情况是以前没有过的。也许这是让我厌烦的主要原因。如果没有让真奈待在三叠大的房间，这次的事也许就不会发生。

真奈的存在令智则相当郁闷。雅美好不容易将家里改换成四个人一起生活的布局，一定希望大家能将真奈当作普通的孩子看待，可她当时什么也没说。她看到智则的态度，觉得说了也不会有什么改变。

十月十四日，是聪子重新预约去半田医院做检查的日子，但雅美对此一无所知，没有去医院。对此，半田医院的中岛医生没有采取任何措施。中岛在公开审判中说：

"我最后悔的，就是当时没联系保健所或儿童咨询所。这比一开始没让真奈住院更让我后悔。不过，（九月二十一日更改预约日期时）孩子在奶奶那里，奶奶说要把检查时间往后错一错，我当时确实想着（今天没来可能也是家里不太方便），肯定要再等等看。"

阻止悲剧发生的一个重要途径就这样中断了。

同时，武丰保健中心的本田发现雅美没来娱乐教室，给雅美家打了几通电话，但一直无人接听。本田来到家门口按了门铃，却没人开门。她联系聪子，聪子说自己直到前一段时间都在照看真奈。聪子下了这样的担保："我送真奈回家时，她已经开始说话了，所以不用太担心。虽然发育迟缓，但进了保育园，肯定能追上同年级的孩子。作为真奈的祖母，我敢下这个保证。"听了她的话，本田多少放心了。

雅美好好抚养真奈的决心连半个月也没坚持下来。真奈两岁十个月，整天都在捣乱；大地一岁四个月。雅美要喂这两个孩子吃饱喝足，给他们换纸尿裤、洗衣服，料理家务，购物，陪孩子一起玩，带孩子去公园。绝大多数母亲都在孤立的状态下维持着这样的日常生活，她们没有属于自己的时间，也不知道这样的日子要过多久，承受着难以名状的压力。对于精神内耗严重的雅美来说，这更是难以负荷的重担。

越是努力，越是心情遭遇挫折的时候，叛逆的情绪就越强烈。案发后，雅美在本子上写下："真奈在聪子那边住了一个月回来后，如果先把她继续放在三叠大的房间一段时间，也许就不至于发生这样的事。"智则则是认为，如果之前从未将真奈放在三叠大的房间，可能悲剧就不会发生。两人意见相左。

到了十月中下旬，雅美的家务比之前做得更少了。以前大概两三天洗一次衣服，现在大概一星期只洗一次。对有小孩的家庭来说，这个频率算是相当低了。雅美收拾房间、用吸尘器的次数也渐渐减少，去便利店买便当当饭吃的情况越来越多。碗还是每天随用随洗，但盘子渐渐用得少了，用过的脏盘子往往就堆在水池里。

每天给真奈做三餐成了雅美的劫难。早饭或午饭中有一餐是面包和牛奶，晚饭则在儿童用的碗里盛上米饭，浇上味噌汤、鸡蛋、冷冻婴儿食品中的一样，做成盖饭。以前吃晚饭时，真奈也是等不及饭菜上桌就哇哇大哭。随着哭声越来越刺耳，雅美开始选择做快手饭，糊弄过去。从夏天开始，雅美自己也不吃早饭，饮食变得没有规律。真奈看到雅美的样子，也开始边吃边玩，不主动吃饭。直到真奈去世，雅美都是让真奈自己吃饭，尽量不去看她。

真奈吃饭时剩饭的情况越来越严重。感受不到母亲的爱意，她开始拒绝进食，拒绝给她提供食物的母亲。爱意是相互作用的。雅美对真奈的抵触也与日俱增，她不再将饭菜递到真奈嘴边，也把饭量减少了。真奈眼见着瘦了下去。雅美把便利店的便当分给大地吃，还给大地点心吃。

这段时间发生了一件让雅美介怀的事。大约从大地出生后开始，由于生活费不够用，他们借了一笔钱，但还款一直很困难。不仅如此，家里还有邮购支出和贷款。智则当时做楼长，保管着住户的自治会费，雅美挪用了这笔钱。本想暂时挪用，意识到问题严重性的时候，已经用掉了三十多万日元。这件事，她没有告诉智则。

雅美和儿时玩伴信子商量，希望对方借钱给她，但被信子拒绝了。她还问母亲借过，秀子也说手头没有余钱。秀子的答复是："我上了消费贷的黑名单，没法帮你借钱。三十万日元的话，你可以自己借消费贷。你丈夫是上班族，他们肯定会借给你。"雅美说："我不好意思去借。"秀子说："那要么去打工，要么去找你爸爸商量。"雅美沉默了。

秀子回忆起当时的情况："她说她不好意思借，我听了觉得奇怪，但没有细问。"她既没有问女儿是不是已经把消费贷借到了最高额度，也没有问女儿一共欠了多少钱。

走投无路的雅美又陆续找几个以前的朋友借钱，但是，谁也没有借给她。

十月到十二月，公司给智则分派了超出他能力范围的工作，而且项目拖了将近两个月，智则变得更加焦虑。他在职场上殚精竭虑地工作，回家后就不想思考任何事情。智则说，只要开始玩游戏，大脑就能放空了。

从事犯罪心理鉴定的加藤幸雄在公开审判中这样说："（智则）那时全身心沉浸在工作之中。被监禁时（心理鉴定是在一年半后做的），他依然记挂着当时没做完的工作。"

加藤指出，对工作的投入和对游戏的沉迷，都成了智则逃避生活的途径。

智则为什么对家庭如此漠不关心呢？对于这个问题，智则在法庭上重复了很多次："我一直认为男人就要负责工作，女人就要负责家务和育儿。"我写信问他原因，他也像前面写过的那样回复我："因为我一直认为家务和育儿是妻子的职责，才逐渐将家务事推给妻子。"除此以外，他似乎没有其他话可说。

公开审判时，加藤如是说："对自己容易接受的局面应对自如，遇到不容易接受的局面则逃脱、回避，主动移向让自己舒服的地方；或者回避不喜欢的事，尽量让自己过得舒坦——在我看来，这是智则的基本行为模式。（略）比起深思熟虑后采取行动，他的行为更多是在潜意识中做出选择。在玩游戏这件事上，与其说他是主动进入游戏世界，不如说是进入游戏世界会自然而然地让他感受到安稳，这两方面因素同时作用在他身上。（略）于是就会出现如下的局面：他选择一个划算的对象投射，与其共度时光，但当对方和自己的预期出入巨大时，（略）就不承认对方，拒绝与其发生联系。"

这说明智则当时潜意识里认为自己应付不了家里的状况，否认眼前的事实，转而在游戏中获得了满足。公开审判中，律师多田提问加藤。

律师："他在乱七八糟、散发着臭味的屋子里，依然沉迷于游戏。在我看来，这似乎不太正常……"

加藤："他拒绝接受不想扯上关系的世界，将其置于错误的位置。就算离得再近，他也关注不到。他的意识范围和客观事实不一致。"

加藤认为，不能排除智则有精神疾病的可能，智则的相关表现与阿斯伯格综合征的症状相似。

阿斯伯格综合征是一种有自闭倾向的发育障碍，患者不擅长建立社会关系，兴趣爱好和对事物的关注狭窄，只对特定事物兴趣强烈。在自闭症谱系中，阿斯伯格综合征患者不存在智力低下的情形和语言障碍。

在此举几个具体的阿斯伯格综合征患者的特征：不习惯和人长时间对视，不习惯使用肢体语言等非语言交流。虽然想和朋友和睦相处，但难以建立友好关系。即使在朋友身边，也会选择自己玩。和人沟通时并不清楚对方的处境和立场。有很强的局限性，兴趣极为有限，但相当热衷。有非常擅长的事，也有极不擅长的事。有时难以做出符合常理的决断，等等。

加藤指出，智则的性格中有和阿斯伯格综合征很相似的地方，但他性格的成因，和母亲强盛的支配欲不无关系。也就是说，智则养成这种有人际交往障碍的性格，和他幼年时与母亲的相处方式密切相关。

而我的关注重点在于：智则在家时沉溺于游戏之中，但从这一年的春天开始，他又经常和职场的前辈一起，利用周末的白天去打高尔夫、钓鱼。后来他和雅美大吵过一次，因为雅美列出他和前辈出门的事，并表示不满。

二〇〇〇年的五六月份，雅美和智则在游乐园拍了一张照片，他们身边还有几位年轻的男士，看样子是智则的前辈。照片也许是在智则公司组织的员工旅行中拍的。乍看上去，雅美显得落落大方，细看却不难发现她很紧张。而智则神情放松，和她形成鲜明对比。

智则工作两年多了，公司对他的评价不错。看得出来，他在职场上已经找到了自己的位置。智则说的"男人负责工作"之中，大概也包括职场上的人际关系吧。夏天开始，智则和雅美渐渐无话可说，对智则而言，也许家庭在他心中的重要程度也在一点点减弱。面对自己觉得不重要的关系，他选择最大限度地抽身而出。他没有恶意，不过是自然地行事，本着"男人负责工作"的价值观，没有反省自身。

　　第二年七月上旬，雅美在公开审判的进程中生下次女。这说明，至少在真奈去年十月上旬回家前，夫妻间还有性生活。两人不再对话，但存在性关系。也许这一行为让雅美相信，无论怎样，两人之间还是有爱的。

　　就在马上要被捕时，雅美决定流掉腹中的胎儿。这次怀孕不在她的预期之中。两人买了那么多避孕套，却没有避孕。流产手术必然会对女性的身体带来伤害。不难想象，性生活是智则单方面的要求，没有为雅美的身体考虑。而雅美甚至没有为保护自身着想、要求避孕的勇气。也许她担心自己拒绝了智则的欲望，就会失去智则的爱吧。

IV 纸箱中的生日

十月末，保健师本田给雅美打电话，却发现接不通。"对方暂时无法接听……"听筒中总是传来录好的声音。

本田说："门口放着很多小孩的鞋子，偶然在路上碰到雅美，她的打扮入时，看不出是有小孩的人。丈夫很年轻，她自己没有工作，家里的经济状况想必非常紧张。当我发现她家的电话停机的时候，担心夫妻俩精神上走投无路，也许会对孩子产生不好的影响。我当时大概是害怕最糟糕的情况发生的。想着一定要尽快想办法见到本人，但没有仔细思考如何落实行动。"

十一月上旬，名古屋地方法院半田支部联系雅美，催促她向信用公司支付欠款。雅美害怕地找智则商量，智则却对她说："我不管。两边留的都是你的名字，你去就好了。"

夫妻之间爆发了激烈的争吵。雅美向智则发难，说他经常和前辈喝酒、钓鱼，自己却总要在家，这样不公平。长期以来积攒的对智则的怒火熊熊燃烧。智则举出雅美买车和买喜欢的东西等例子，予以反驳。两人争执不下，雅美带着大地回了父亲俊介家。第二天早上，智则又把她接回了家。

在审判中，智则说自己那时不理解雅美有多么绝望，也没问过雅美负债的具体数额。就连雅美自己也不知道到底欠了多少债。直到被捕后，两人在看守所里给对方写信，智则才了解到雅美负债的具体情况。

犯罪心理鉴定师加藤认为，这次争吵是雅美精神层面的拐点。

雅美此前拒绝正视的现实，以负债的形式横在她面前。在这无可逃脱的现实面前，她终于一再地意识到，智则对自己没有爱了。

十一月上旬，雅美给儿时的玩伴信子写信。信中充斥着对智则不参与育儿、不帮忙做家务的愤怒，并隐隐透露出自杀的念头。所有的一切都要靠她一个人来承担，但她还背着债务。雅美找不到逃避的出路。

家里也变得更加杂乱。到处都是吃剩的杯面、喝完的果汁罐、吃了一半的食物。

雅美自己也不怎么吃东西了。早上只喝一杯咖啡，午饭要么不吃，要么就吃几口带馅面包。晚上，智则有少数时候去参加酒会，这样的时候，雅美就不做饭。她对将近一岁半的大地也是一样，早上喂他喝点儿牛奶，中午是带馅面包或点心，晚上如果智则不在就吃点心。

两个人商量后决定，今后过日子必须精打细算。那时，雅美问智则："人如果不吃饭，大概能活多久？"没有钱就不吃东西，这是雅美自幼学会的生存法则。智则告诉她："只要喝水，应该能活很久吧。"

几乎同一时间，秀子发消息给雅美，问她真奈有没有回家。保育园的报名日期临近了。秀子建议雅美，报名时最好带着孩子一起去。这样能让园方相信家长确实找不到人看孩子。但雅美却回复她"真奈还在聪子家"。谎言一旦开始，就无法停止。

十一月七日，雅美带着大地去武丰町政府，给真奈和大地报名上保育园。工作人员告诉她，保育园很少接收三岁以下的孩子，如果母亲没有工作，是无法给孩子报名的。雅美为真奈提交了入园申请。对方告诉她，入园面试时间是一月二十五日。

之所以给孩子报名上保育园，雅美有以下几个理由：为了还债，她必须工作。她也觉得成天和孩子待在家里情绪烦躁，想出门转换一下心情。另外，她也期待着集体生活或许能让真奈的性格发生转变。

雅美认为，第二年春天的四月起，就可以让真奈上保育园了。上保育园的三年时间，正好是真奈开始接受幼儿教育的年龄。她想让真奈上保育园，也有教育方面的考虑。

为人父母最起码要满足孩子的温饱。虽然雅美和智则连这一点都无法给孩子保障，但他们并未彻底放弃让真奈恢复正常、健康成长的打算。

雅美提交入园申请的不是家附近的白根保育园，而是离家有一点五公里距离的青青保育园。她不想让真奈和 K 制铁员工宿舍相熟的人的小孩上同一所保育园。小时候智则和她一起上的青青保育园更让她有安全感。

十一月八日，武丰保健中心的本田去雅美家家访。智则只在门口露了个脸，告诉本田雅美他们去父母家了，今天回来。本田没有看到家里的状况。

保育园的报名日过后，本田再次感到不安。白根保育园就在雅美家门口，他们的主任保育士当时正好在保健中心负责的育儿教室做指导，保育士告诉本田，入园申请名单上没有真奈。本田以为雅美一定会给孩子申请离家最近的保育园，既然没有申请，就说明大事不好。她隐隐觉得不妙，却没有把自己的担忧告诉任何人。

十一月十七日，是三岁儿童体检的日子。雅美和真奈没有出现。本田去家访，但家中无人应门。她在信箱里留下字条，说明自己来过。之后又补了一封通知，希望雅美在一个月后带真奈参加十二月的三岁儿童体检。她想过一定要联系儿童咨询所等机构，为这一天做好准备，却迟迟没有行动。因为本田下意识里觉得，忽视不是什么性命攸关的事。

"尽管我们的职业要求是发生意外时要告诉儿童咨询所，但究竟什么算'意外'，还是靠个人的判断吧。一旦联系儿童咨询所，我所说的内容就不是个人的意见，而是代表保健中心的意见了。当时我认为，情况还没发展到需要两方磋商的地步。"

每次雅美和真奈之间出现问题，保健中心都予以应对。只要发生意外，就可以在保健中心内部商量解决。然而，如果什么也没发生，也就无法拿到台面上讨论。

本田的同事和领导都知道她和雅美建立关系很不容易，但没有一起和她往下推进，也没有换人负责雅美和真奈的个案。大家默默达成了共识：这样做会伤害负责人本田的自尊。

每个人都很忙。那一年，长期护理保险开始推行，保健中心的精力主要放在老人身上。秋天即将举办以健康为主题的活动，所有保健师都忙得焦头烂额。町内一家药品公司还发生了爆炸事故，保健中心也必须参与善后工作。

没有人会选择在忙碌的职场叫苦，倾诉没来由的不安。案发后，本田回顾案件全貌，在儿童虐待防止中心的内部刊物上写道：

> 我当时期望得到的支持，是有人告诉我"我们一起努力吧"，并且真正行动起来。（略）但当时没有这样的人出现。这是最让我受伤的。

申请入园后，雅美的处境依然没有改变。没有人肯借钱给她，她对真奈的感情也没有变化。雅美问过智则："如果我死了，能领到多少保险赔偿？"她在法庭上说，问出这些，是当时已经生无可恋了。而智则没有停下手中的游戏，只是报给她一个保险金的数额。

十一月十五日那天，智则休息。真奈开始把抽屉里的东西翻得乱七八糟。雅美对真奈怒吼，还打了她，但真奈仍不听话。随后，雅美提议把真奈放到三叠大的房间，作为对她犯错的惩罚。九月份，真奈在聪子家的时候，雅美给三叠大的房间换了布局，房门对着厨房，里面放了碗橱和米柜，只剩下一块长一米，宽六十厘米左右的狭小空间。

智则没有明确的答复，但雅美抱起哭个不停的真奈，把她塞到那个小空间里，拉上了隔扇。真奈不想待在那里。每当她试图出去，雅美和智则就对她大吼，真奈不听话就会挨打。

渐渐地，即使开着隔扇，真奈也不往外跑了。为了观察真奈的情况，雅美一直开着隔扇。在那块逼仄的空间里，真奈要么坐着，要么躺下睡觉。

雅美只在吃饭时放真奈出来，给她的饭量越来越少。每天要么给她做一次盖饭，要么给她两块"十胜黄油棒"的长条面包和牛奶。即使是这么一点儿食物，真奈也吃不完。雅美不曾主动喂她吃饭。家里只有真奈喜欢吃十胜黄油棒，大地只吃点心。雅美买这种面包就是给真奈吃的。

对于十一月十七日没带真奈参加三岁儿童体检，雅美有她的理由：

首先是下发体检通知的同时，还寄来了尿检的纸杯，要求体检当天一定要取尿。可真奈有尿意时根本不会告诉大人，很难取到尿液。雅美看到纸杯时，才明白其他孩子在这个年龄已经可以取尿了，她受到很大打击。

其次，母子手账中有关三岁儿童能力的描述，真奈一项也没有做到。她不会脱纸尿裤，也不会说话。带她去体检，除了丢人没有别的。雅美的心情更加失落。

至于体检时向医生、保健师等专业人士请教育儿的困惑，雅美则丝毫没有想过。智则也说没必要带真奈去体检。

这一天，雅美购物回来，看到真奈在浴室穿着衣服弄得一身湿，浴缸里漂着大便。雅美怒斥并打了真奈，然后给她洗了澡，换好衣服，又将她关进三叠大的房间。真奈依旧是坐着待一会儿，然后躺着睡一会儿。

智则下班回家后，雅美告诉他真奈白天在浴室的事，但智则没有反应。两天后，真奈在三叠大的房间里弄翻了刺身酱油，洒了很多在地毯上、米柜里。雅美渐渐不再动气，也没有体罚真奈。智则问：要是把真奈放进纸箱里，她是不是就不会乱跑了？雅美便在屋里找来一只纸箱，在里面铺上毛毯，把真奈抱进去，放在三叠大房间冰箱的旁边。然后在上面叠了其他纸箱当盖子。即便如此，真奈还是用脚踢飞调料，雅美便用绳子捆住她，两三天后才解开绳子。

公开审判时，有人问智则：当真奈被放进纸箱、用绳子绑住时，你怎么想？他语气平淡，面不改色地回答："我基本上什么也没想。"

真奈在纸箱里被捆着双手，迎来了三岁的生日。

雅美逐渐变得无法理智地思考。而大地成了她唯一的精神支撑。在看守所时，她在本子上写道：

大地非常可爱，发育也很快，和真奈不一样。亏得没把他托给婆婆，他才没变成真奈那样。如今想来，如果当时婆婆把大地也带走，说不定我这个人现在也就不存在了。

V　"你们这样，也算为人父母吗？"

　　雅美将真奈放进纸箱后，每天都带着大地出门。她回忆起当时的心境，说之所以这样，是因为忘不掉真奈。不出门的时候，她便放着音乐，独自翻看邮购目录，下单想要的东西。屋里的杂物越堆越多。

　　真奈的食物是雅美递到她手中的两块长条面包，和带着吸管的一马克杯牛奶。真奈大概能吃下一半面包，喝掉三分之二的牛奶。

　　十一月二十二日前后，母亲聪子和继父村田博之分别打电话到智则的公司，说想给真奈过生日，问他真奈最近好不好。智则说，真奈很好，生日已经过完了，最近雅美的父母常来看她。"如果说真话，妈妈又要过来看了，我不想这样。妻子讨厌妈妈，妈妈来了，妻子心情也会不好，这也是我不愿看到的。"他在法庭上说。

聪子说想接走真奈，但智则拒绝了。雅美听说后，意识到已经不和自己沟通的智则也讨厌聪子，暗自开心。

这之后直到真奈去世前的半个月里，聪子没再联系智则。她在公开审判中提到，自己将真奈送回智则和雅美身边后，有几次来到员工宿舍楼下，但一想到夫妻俩肯定不会让自己见孩子，便没有上楼。

十一月二十三日（检方）或二十四日（律师方），雅美给大地掏耳朵时，忽然想给真奈也掏一掏耳朵，于是把她抱出纸箱，决定掏完耳朵再给她洗个澡。抱起赤身裸体的真奈时，她发现真奈瘦得厉害，仿佛已经是皮包骨头，且皮肤粗糙而干燥。雅美吃惊的同时觉得害怕，于是告诉正在起居室玩游戏的智则："她瘦了好多！"

十月二日，真奈从聪子家回来时的体重是十二点六公斤，而这次洗澡时，她的体重可能减了六公斤。人在饭量刚刚减少时，通常会伴随着明显的体重下降，但在日渐瘦弱的过程中，身体消耗的能量也慢慢变少。体重下降变得缓慢，到临死前的十天左右，真奈的体重有可能已经很接近死亡时的五公斤。

那时真奈脸上的肉肯定已经掉了很多，漆黑的长发下面，只有一双眼睛显得很大。四肢瘦到能看出骨头的形状，腹部深深凹陷，皮肤粗糙而失去张力，显得松弛。

智则罕见地暂停了游戏，去看真奈的情况。但他只看了一眼，说了句"是瘦了呢"，就回去玩游戏了。

雅美直接抱着真奈来到浴室，脱下她的纸尿裤，让她坐在浴垫上，打开花洒冲洗她的头和身体。此时，雅美摸着真奈的皮肤，觉得好像直接摸到了骨头，更是加剧了她的恐惧。她在浴室入口的浴垫上给真奈擦身体，裹纸尿裤时想让真奈站起来，却发现真奈的脚不受力地弯曲着。雅美脱口而出："真奈站不起来了。"智则又过来看了看，但看过后一言不发地回去继续玩游戏。他在审判中称，自己后来一直把精力集中在游戏上，什么也没想。

真奈去世前，智则热衷的游戏是《龙战十4》《龙骑士传说》等角色扮演类游戏。主人公和恋人、同伴一起旅行，在和敌人的争斗中获得勇气与爱，逐渐成长。智则沉浸在游戏中，既没有向妻子或女儿倾注爱意，也没有鼓起勇气面对现实。

两人在对检方的供述中提到，此时雅美对智则说："孩子这样下去就糟了吧？"智则回答："嗯。"检察官认为，雅美和智则在这一天起了杀心，形成了共谋关系。但两人在法庭上推翻了之前的供述，说"不记得有没有说过这些"。被问到当时的感受，雅美回答："我当时并没有觉得有什么特别，只是感觉真奈瘦了。"

真奈整个人仿佛都变了样子，这让雅美十分恐惧。给真奈换纸尿裤时也不敢碰她。那时真奈身上肯定散发着屎尿的臭味，但雅美和智则都没有察觉。

智则做证时说，自己曾经有过希望真奈不存在的想法，在"真奈动不动就哭，让我生气"的时候。但他说，自己并不是时时刻刻都希望真奈不存在。

律师:"你是否曾经希望真奈去死?"

智则:"我不太清楚。"

律师:"想不清楚有关自己亲生骨肉的事,这很不正常。你是刻意对她视而不见吗,还是意识不到真奈的存在?"

智则:"意识不到。"

律师:"是不是因为讨厌她,才刻意不去想有关她的事呢?"

智则:"我不太清楚。"

律师:"你大概是从什么时候开始意识不到真奈的存在?"

智则:"我不太清楚。"

律师:"你对雅美和大地也有过这种情绪吗?"

智则:"偶尔有过意识不到他们存在的时候。"

二十四日,家里的浴室出了问题,夫妻俩去雅美父亲家借用了浴室。当时他们只带了大地。雅美的父亲没有过问有关真奈的事。

当时,雅美和智则都在家时也几乎不和彼此说话,却依然发信息交流。智则经常收到雅美的消息:"我现在在 ×× 呢""我现在在做 ××"。雅美有时发消息告诉他一会儿要出门,他便回复:"去吧,路上小心。"智则下班回家时,也会发消息给雅美:"我这就回去了。"

只有手机屏幕上的一行行小字,还在描绘一对和睦夫妻安稳的日常生活。

二十八日晚,智则加班,雅美开车去接他。这一年,智则当上了国税调查员。智则当楼长的时候，自治会的会长是他职场上的前辈，于是拜托对方推荐了他。很早以前，雅美和智则便商量着要用国税调查员的津贴来买彩票。雅美告诉智则，白天自己帮助了一个迷路的老人，然后说："今天我帮了别人，估计能中彩票吧？"智则回答："做这点儿好事是中不了彩票的。你要是真想中彩票，还不如好好喂真奈吃饭。"雅美说："可是她不吃呀。"

法庭上有人询问智则，和雅美说这话的时候是怎么想的。他回答："不记得了。"

夫妻二人在对检方的供述中提到，雅美后来说："不过，她还挺能坚持的。"智则也应和道："是挺能坚持的。""挺能坚持的"成了检方认为夫妻二人有杀心和存在共谋关系的证据之一。公开审判时，两人都说不记得当时有过这段对话。

十一月，雅美将长条面包递过去，真奈就用枯瘦的手接过来往嘴里放。雅美在带吸管的马克杯里倒了牛奶给真奈。后来，真奈剩的饭越来越多，雅美就把没吃完的面包放回袋子里。

十一月末，雅美对智则说："看来现在给真奈喝牛奶也是浪费。"智则回应："嗯，是啊。"检方认为这段对话也表露出了杀意，但两人在公开审判中称，对话的背景是两人认为花在牛奶上的钱太多了，不仅打算给刚满三岁的真奈停掉牛奶，还打算尽早让一岁半的大地也断奶。

在三重大学医学部法医学讲座教授福永龙繁做证时表示，十一月二十五日前后，真奈可能已经极度衰弱，到了几乎无法吸收食物的状态。但他同时认为，哪怕在十二月十日的时候施以妥当的治疗，还是有可能挽救孩子生命的。

雅美难道没想过要带真奈去医院，或者和每天发好几条消息的母亲秀子商量一下吗？在看守所时，雅美在本子上这样写道：

> 若要问我为什么没带真奈去医院，我只能说，那时候根本没想到这些。若要问我为什么没有和妈妈或其他人商量，我想，主要还是害怕得说不出口。

智则永远在玩游戏，雅美觉得和他商量也没用。她已经产生了怎样都无所谓的想法，丧失了活下去的欲望。

智则也在法庭上表示，自己没想过要带真奈去医院。被捕一个半月后，第二年一月，他在给雅美的信中这样写道：

> 那时我觉得如果真奈快死了，你一定会想办法的。我没想过要为她做些什么。

智则认定了自己不需要对真奈负责。无论真奈发生什么事，他连看都不看一眼。对雅美的依赖和漠不关心交织在他的意识中。智则在法庭上表示，自己知道进入十一月后，真奈越来越瘦，脑海中或许也曾闪过真奈或许会死的想法，但当时没有认真考虑这些问题。

前面已经提到，负责犯罪心理鉴定的加藤认为，智则拒绝接受自己不想扯上关系的世界，即使物理距离上他就在真奈身旁，也会对其视而不见。这其中不存在恶意。智则的内心深处真正意识到事情的危重性了吗？对于从小就习惯将窘态封存于心中，静待风波平息的智则来说，在压倒性的危机面前，他紧紧地封闭了自己的内心。

雅美不再收拾房间，也不再扔垃圾。买回来的食材在纸箱中散发着腐臭味。剩饭、吃空的点心袋、杯面和便利店便当的餐盒、塑料瓶、纸尿裤等扔得四处都是。衣服脱下来就随意一扔，屋里堆起了好几座小山。门口摆满了雅美的鞋子，四叠半大的卧室床边的墙上挂满了衣架，上面都是买回来的衣服，挤得满满当当，几乎取不下来。案发后，秀子收拾了房间。她说：

"家里的样子和九月份我来的时候完全不同。我进屋的时候，现场取证已经结束了，不太确定是不是还保持着他们居住时的样子。即便绞尽脑汁去想象一间屋子能有多乱，看到屋里的真实情况还是觉得自己的想象力太贫瘠了。进了门，如果不拨开两边的东西，都走不到六叠大的起居室中央。见过电视节目里常拍的那种被称作'垃圾宫殿'的人家吧？当时屋里就是这种状态。得有上百个空塑料瓶。不过两三个月，怎么会产生这么多垃圾呢？屋里还有一股恶臭。"

法庭上，律师给雅美看了房间的照片，问她有什么感受。雅美回答："房间乱糟糟的。"但她说，自己当时不过是认为屋里得赶快收拾一下了。她不是不想收拾，而是身体拒绝行动。她还说，居住时并没有觉得屋子里臭。

智则说，他知道屋里很乱，但不知道是从什么时候开始变乱的。他觉得雅美迟早会收拾的，自己没有主动做些什么的打算。他也不太介意屋里的凌乱和臭味。

事态即将变得不可收拾，但两人都没有危机意识。辩护团形容夫妻俩的状态为：停止思考。

十二月后，雅美只给真奈长条面包和牛奶，她在证词中提到，自己给真奈面包时的心情，和给大地食物时的心情是一样的。只要将黄油棒递过去，真奈就会双手接过来放进口中。雅美自己则是有时吃饭，有时不吃。她会给大地吃点心。

十二月三日，雅美去帮秀子搬家。晚上，智则给自己和大地做炒饭时进了三叠大的房间，背对着真奈从电饭煲中盛饭。纸箱中传来真奈的哭声，智则踢了箱子一脚，让真奈闭嘴。

十二月四日的购物小票显示，夫妻俩还买了耳塞。真奈在这段时间，开始发出"呜——呜——"的哭声，像金属一般尖细而高亢。据说这种哭声，是饿死的孩子在生命的最后阶段才会发出的。雅美已经到了听到真奈的哭声也觉得害怕的地步。不久前，为了不听这声音，她甚至在隆冬的天气里睡在停车场自己家的车里。"但是，我睡不着。"她做证时哽咽道。在法庭上，有一段这样的对话。

律师："你没想过杀了真奈，或者把她抛弃吗？"

雅美："没想过。"

律师："真奈已经让你害怕了，你为什么还想和她待在同一个空间里呢？"

雅美："我不知道。"

住在楼下的主妇岩田只听到过一次真奈此时的哭声。岩田发现，雅美从去驾校开始，就总是只带着大地出门。每当雅美和大地外出时，岩田都竖起耳朵仔细听楼上房间里的声音。但屋里很安静。也许真奈已经习惯了被独自留在家里，放弃了哭着求助吧。岩田以为真奈肯定被祖母或其他亲戚接走了，应该不在家。她也想跟雅美打听一下，又觉得还是不要打扰人家的好，最后就没有问。

而就在真奈死去的前不久，岩田听到了曾经竖起耳朵也听不到的真奈的声音。

十二月，雅美依然每天给秀子发二十条以上的消息。从一句"早上好"开始，大约每隔三十分钟就逐一确认："现在在干吗？""在哪里？"秀子每条消息都会回复。

雅美怀着身孕，这件事她也告诉了母亲。她打算流掉孩子，已经去医院做了检查，只等着确定手术日期，但卡在流产手术的费用上。

十二月十日，雅美中午和父母出门购物，给智则、大地和自己买了衣服。由于三日帮母亲搬家，这次出门购物比平时晚，选在了第二个星期的星期天。雅美递给秀子一封信，装在画有插画的信封里。信是她用刚买的电脑写的，作为打字练习。

信的内容印在白色 A4 纸上，收件人"MOTHER（妈妈）"和结尾处的"雅美"用了大字号，印成彩色。

MOTHER

你好啊。我在试着用电脑写信～。

好多事都好难啊～，因为雅美太笨了吧～……。

有时间的时候，再好好写信给你！！

不过，还是手写更能传递情绪呢～。

但是，用电脑写的话，还能学习汉字，对吧！！

唉～～，肚子好沉啊～。这孩子长得好快～。(^^;;;

真够呛，怀真和大的时候，根本没有孕吐，所以现在好难受……。虽然辛苦，我会努力～的。

对了对了，工作忙吗？？别太勉强自己，要注意身体，加油哦！

还有，开车要小心呀！！

就到这里，下次再写 (^_^)

雅美

整封信基调明亮，还用字符画了颜文字，写了好多心疼母亲秀子的话。从信上完全感觉不到雅美和自己奄奄一息的骨肉住在一起。在母亲面前，雅美仍在扮演一个乖孩子。

下午五点半左右，雅美回到家，智则正在六叠大的起居室里玩游戏，大地在四叠半大的卧室里看电视。雅美开始准备晚饭，想起真奈，便走到三叠大的房间，撕下一口大小的长条面包，放在真奈胸口上。真奈的嘴没有动，雅美觉得奇怪，心想这孩子今天怎么不吃东西。她将面包放在那里离开房间，打算过一会儿再来看看真奈有没有吃。

晚上九点，雅美、智则、大地三人一起去俊介的员工宿舍，借浴室洗澡。回家路上，智则买了 CD 和游戏软件。三人到家时大概十一点。智则回到家就到六叠大的房间打开电视坐下，准备玩游戏。雅美直接进了三叠大的房间，想看看"真奈有没有把面包吃掉"。

开灯一看，真奈睁着黑漆漆的眼睛，一动不动。

"她死了！"雅美怯生生地、战战兢兢地提高了声音。正要玩游戏的智则来到三叠大的房间，确认真奈的确死了。在法庭上，被问及此时的心情时，智则的回答也仅仅是："我不太清楚。"

智则和雅美将真奈从纸箱中抱出来，裹上毛巾，抱到六叠大的房间。公开审判时，智则被问到为何要移动真奈，他回答："我想至少该把她抱到暖和的屋子里。"

智则打电话给聪子："真奈死了。可能是饿死的。"

先到的是村田博之，接着是聪子带着智则的妹妹来了。聪子抱起真奈的尸骸，纸尿裤里溢出的屎尿弄脏了她的衣服，聪子依然抱着不撒手，放声大哭，怒骂智则："你给我去死！"

在聪子的要求下，智则给半田警署打了电话，告诉警方："孩子死了，是饿死的。"那是晚上十一点五十七分。

警察赶到时，真奈躺在六叠大房间的中央，身上裹着毛毯。聪子、智则的妹妹、博之都在，智则和雅美茫然无措地站在屋里，脸上没有泪水。警方听取了事实经过，听了几天前到当天的情况后，直接将二人逮捕。罪名是监护人遗弃致死。

一位警官脱口而出："你们这样，也算为人父母吗？"这句话在雅美心中盘桓不去。

秀子得知真奈去世的消息是十一日的白天，小野俊介打电话告诉她的。当时她在山梨县的一座山里正开着卡车工作。俊介只说了一句："真奈死了。"秀子的第一反应是真奈在聪子家出了事。她问："在哪儿？"俊介说："在自己家。"信号随即变得很差，通话无法继续。但无线信号还能用，秀子便联系公司说，"我外孙女死了，我想回家看看"，随后朝名古屋方向驶去。接到电话三十分钟后，她听到广播里的新闻，得知真奈是被饿死的。

下午五点左右，天色已经转暗，秀子终于抵达雅美他们的员工宿舍，大批媒体已经将宿舍楼围得水泄不通。秀子听说医生给真奈做完了司法解剖，即将送她回来，于是去了俊介家，把家里收拾了一下。

深夜，警方将真奈送了回来，她的腿伸不直，只好蜷着身子躺在幼儿用的棺木中央。

十二日晚上，雅美给秀子发来消息："抱歉发生了这种事，我们已经没法见面了。"秀子回复消息，但未能发送成功。

十三日，聪子让真奈入教的宗教团体相关人士一手包办了真奈的葬礼。聪子、村田博之、秀子、俊介、雅美的哥哥、秀子的弟弟出席葬礼。智则的妹妹不想见到媒体，没有出席。

棺材里放了真奈生前喜欢的玩具，秀子给真奈缝的皮卡丘玩偶，真奈在聪子家用的碗、勺和筷子。

　　火化后，真奈的骨灰所剩无几。骨灰葬在三重县智则的生父后藤家的墓里。听说这是智则决定的，他说一岁时去世的弟弟也葬在那里，真奈应该不会寂寞。

第五章

法庭

I　是故意杀人还是抛弃致死

　　"我去见雅美，并非因为有人托我为她做辩护。嫌疑人被捕后，能与其见面的律师需要满足一系列条件，其中之一是'愿意为嫌疑人辩护'。我是满足了条件才被允许和她见面的。"主任律师高桥直绍说。

　　针对雅美和智则的审判，由名古屋的非政府组织"防止儿童虐待网络协作·爱知（CAPNA）"成员中的八名律师组成了辩护团。雅美的主任律师高桥案发当时三十五岁，得知真奈死亡的新闻后，立刻和 CAPNA 辩护团的多田元律师取得联系。多田在虐待案、少年犯罪案等领域辩护经验丰富，他在工作中还时刻意识到被告需要重新回到社会，面对公众时他通常以积极的言论回应。CAPNA 的年轻律师们十分信赖多田。此前，高桥曾和多田一起，为一九九六年十二月发生在名古屋市千种区的十二岁少女得不到父母充分的照顾衰弱致死的案件做过辩护，两人还做过二〇〇〇年五月发生的少年杀害主妇案的陪护人。

两人商量后认为，真奈这起案件的辩护工作应由CAPNA的律师负责。智则的主任律师由经验丰富的石塚彻担任。石塚作为国选律师，处理虐待案件的经验使他对儿童虐待给予了更多关注，从而加入了CAPNA。

根据扶持制度，真奈这起案件的辩护团在嫌疑人阶段只能得到十二万日元的酬劳。多余的开支需要全员共同承担。

高桥说："在公开审判中，我们承认这对父母的虐待行为，但通过陈述表明了案件背景。面对孩子的父母，我们理解他们走投无路，最终导致了案件的发生，因此希望他们认真反思自己犯下的过错，为今后重返社会做好准备。另外，我们还要和有关机构沟通，共同商讨如何关照家里另外两个孩子的事。

"我们告诉雅美和智则：'真奈的死虽然不是你们期盼的结果，但如果不在法庭上说清这一结果背后的事实，今后一定还会有同样的案件发生。因此，我们作为律师，要做的不单单是为你们减刑。'两人接受了我们的意见。"

检方的取证从十二月十四日开始。在调查的起初，检方宣告，雅美和智则的罪名已由涉嫌监护人遗弃致死改为涉嫌杀人。

监护人遗弃致死罪的前提是被告没有杀意，通常会判处被告两年以上的有期徒刑，但多数情况下，这是一种贫困引起的犯罪，法院通常会判缓刑。杀人罪原则上要判处三年以上的实刑。不过，若被告杀的是自己的孩子，也可能会被判缓刑。

两人没有意识到检方已经认为他们涉嫌杀人，也不知道罪名的改换意味着什么。直到二十四日律师和他们见面时给他们看了报纸上的有关报道，他们才知道检方正以涉嫌杀人的罪名对他们展开调查。

　　三十多岁的女检察官山本佐吉子负责对雅美的调查。案发一年多以后，山本于二〇〇二年二月作为证人出庭时表示，她那时接到上级指示，要将罪名改为杀人罪。至于这是哪个部门的判断，她不清楚。总之在取证开始前，检方已经假定被告犯了杀人罪，并展开相关调查。

　　就在案发前不久的十一月，《儿童虐待防止法》投入施行。媒体对儿童虐待的关切程度很高，"将孩子装进纸箱，使其饿死"这种冲击力强的案件，是推广虐待防止的极好材料。周刊杂志纷纷使用"年轻的恶魔夫妇""冷血二十一岁夫妻"等严酷的标题进行报道，在上述社会氛围的前提下，检方基于严罚理念进行了取证。

　　负责取证的山本说，十四日的取证主要探讨嫌疑人是否存在杀意。山本表示，自己记不清具体的说法了，但那天雅美对检方陈述时说道："受害者可能会死，即使如此也无所谓"。然而，雅美在公开审判中从头至尾都坚称，自己从未想过"真奈死了也无所谓"。

　　为何会产生这种不一致呢？

　　取证时，雅美得了感冒，还伴随着孕吐。她的精神状态一直恍惚，对当天的记忆并不完整。她供述称进入十二月就没给真奈吃过东西，如果真是这样，真奈虚弱的身体很难维持生命直至十日。侦查员从海量的垃圾中发现了十二月四日的购物小票，上面印有"十胜黄油棒"的字样，而家中只有真奈吃这种面包，这证明雅美多少还是给真奈提供了食物的。

那段时间，雅美的情绪也降至冰点。案发后，她第一次哭是在被捕十多天后，和律师见面的时候。然而，雅美自己却不记得这件事。三年后她在信中也说不记得自己哭过。

雅美在这样的精神状态下接受了取证。山本检察官要求她解释自己的每一个行为，并说明其中的含义。如果雅美回答"不记得了""没有印象"，山本便反复强调"这怎么可能呢"，进一步要求她回答，直到得出山本能接受的回答，再将其记在笔录上。笔录写好后让雅美亲自阅读或请人读给她听，确认内容后请雅美签名、按手印。

被转移至看守所后，雅美在本子上这样写道：

> 我一直觉得取证就是"任由刑警们摆布"。所以我很容易就认为"也许就是他们说的那样吧"，然后就认同了他们的说法。

雅美笔下的"刑警"指的应该是取证的检察官。雅美觉得，山本的那一套说法"也许就是他们说的那样"。下面的内容同样出自她的记录。

整个十二月，我都恍恍惚惚的，似乎发生什么都不在乎。取证时，后悔填满了我的大脑，我不住地自责。我一直在想：如果真奈还在的时候，我再坚强些就好了。

尽管如此，雅美还是明确要求过重做笔录，她说"真奈的死不在自己的预料之中"。

据山本说，雅美要求订正的笔录内容是真奈死去当日——十二月十日夜晚，雅美去父亲家借浴室洗澡，回家后立刻去三叠大的房间查看真奈情况的时候。山本在公开审判中如是说：

"当时我问她为什么要去查看真奈的情况，她说她觉得心慌。笔录上写着：由于孩子傍晚没有动弹，她'怀疑孩子是不是死了，就去查看'。后来她申请订正笔录，说自己不是本着上述想法去查看情况的。于是我问她当时本着怎样的想法，她说：'我什么也没想，只是觉得心慌。'而她确实是第一次没有目的地去看受害者，也是第一次开灯查看，所以我没有订正笔录。况且，当时我问的是她给真奈的食物分量，为何去看真奈不是我提问的重点。被告最终接受了这些，在笔录上老实地签了名。"

雅美在词汇贫瘠和特殊精神状态下脱口而出的"心慌"，被替换成了具象的描述："我以为她死了"。

山本在法庭上表示，"是否订正笔录，需要判断被告的要求是否合理。"律师问："由谁来判断合理与否呢？"山本回答："是我做的笔录，所以由我判断。"

一旦雅美此时的订正申请遭到拒绝，依她的性格，就不会再主动申请订正了。公开审判中，她屡次被问到笔录内容和自己的情绪、想法相悖，为何没有要求订正，她回答："因为即使我要求订正，他们也不会接受"。雅美的处世方式在此处也有体现：面对比自己强大的人时不表露自己的想法，轻易放弃自身的诉求。

第一次取证在十二月十四日，接下来是二十日至二十七日，共进行了九天。仅最后一天就得到了一百七十五页的笔录。通读这份笔录想必远远超出了常人的能力范围，但雅美仍通过自己阅读或听人阅读的方式浏览了全部内容，最后签字并按手印，表示认可笔录内容无误。

取证即将结束时，辩护团意识到雅美没有向检方表露自己的真实想法。二十七日，辩护团以存证信函的方式向山本发出抗议信。

智则接受取证的日程和雅美相同。他的笔录也显示他曾预料到真奈会死，但什么也不想为真奈做，相当于承认了自己有杀意。他还对检方供述自己也感受到了雅美的杀意，承认自己和雅美存在共谋关系。

但在公开审判中，智则否认了自己对真奈的杀意，也否认他和雅美存在共谋。每当律师问他笔录内容和公开审判中的证词为何不符时，他都重复道："取证时我觉得真奈的死都是我的责任，法院怎么判处我都行。我一心希望取证尽快结束。"他和律师之间有过这样的对话。

律师："（听人阅读笔录时）你有仔细听笔录的内容吗？"

智则："我认为那不算仔细听。"

律师："你知道笔录内容的重要性吗？"

智则："不知道。"

律师："你当时为什么没有仔细听？"

智则："我当时觉得无所谓。"

律师："你这话是什么意思？"

智则："我确实做了错事，真奈也确实死了，所以我就觉得无所谓。"

律师："你的意思是，即使笔录内容和你的想法不同也无所谓吗？"

智则："是的。"

律师："你还记得接受取证时的心情吗？"

智则："……当时我很烦。"

律师："为什么觉得烦？"

智则："取证很花时间，而且检察官不是我喜欢的类型，所以我觉得烦。"

律师："你不喜欢的那位检察官，是一个怎样的人？"

智则："……（低下头，沉默了很久）怎么说呢，有种瞧不起人的感觉。"（略）

律师："因为感受到检察官的不屑，所以你希望取证尽快结束？"

智则："是的。"（略）

律师："（笔录中的内容）不自然的时候，你能说出自己的意见吗？"

智则："不能。"

智则也提到，取证时他无法准确表达自己真正想说的话，并为此感到痛苦。

关于智则对检方的供述，辩护方在一审的最终辩护中引用了加藤幸雄的犯罪心理鉴定内容。

"面对初次见面的人，特别是身份较高的人时，智则很紧张，会相当注意自己的措辞，谈吐不顺畅。另外，他有时过分在意细节，不知该如何回答的时候，会陷入长时间的思考。此时如果对方催促他回答或征询他的意见，他可能会为了应和对方而妥协。（略）只要他一定程度上理解对方的说辞，便不会否定对方。他无法准确表达自己的情绪或区分情感的细微差别。（略）他能够判断事物在某一阶段的具体状况，但不执着于把握整体状况并分析其含义，或做出带有自身情绪的判断。"

至于十二月后真奈的饮食情况，借助警方发现的购物小票，雅美仍然无法回忆起具体的内容。警方并未找到其他客观的间接证据。山本依据雅美描述的平时的生活，总结出真奈的饮食情况，做了一张一览表。这张表上，十二月一日、二日、五日对应的格子里画着问号。雅美不记得这几天有没有给真奈吃东西，但检方假定雅美没给真奈吃东西，在此基础上计算了饮食量。检方将做好的表格给医学相关人士看过，对方认为表格内容合理，这份表格成了证词的一部分。

检方也给智则看了这张表，智则说"基本上没有问题"。他从不关注真奈的饮食情况，无法判断表格准确与否。即便如此还说表格没错，是因为他对冷冻食品和面包的名字有印象。二十七日，取证的最后一天，雅美亲自确认了饮食一览表，签名并按下手印。

就这样，两人的笔录做好了。含混不清的地方被抹去，描绘出这样的父母形象：两人予以渐渐死去的亲生孩子强烈的关注，残忍地观察并等待孩子死亡的瞬间。而实际上，没能如愿将真奈养大，给雅美带来了莫大的绝望。欠债让她感到痛苦。她失去了丈夫智则的爱，也失去了活下去的希望。笔录彻底剔除了这些内容，缺乏真实的情感。夫妻俩的房间里，厨余垃圾、塑料瓶、空点心袋、买回来的衣服等物品乱七八糟，无人收拾，以至于从大门口都走不到屋子中间，屋内散发着恶臭，做笔录的人却仿佛对这一切毫无察觉。

负责给雅美取证的山本，在公开审判中和多田律师有过这样的交流。

多田："我认为这是一起由忽视引发的虐待案，父母的心理状态应该是调查的基础内容。检方参考过专家意见吗？"

山本："没有特别参考过。"

多田："关于虐待，你事先没有知识储备，而是通过这起案件了解的吗？"

山本：“最近有关虐待儿童的话题很热门，我有一定程度的认识。”

多田：“你知道陷入忽视状态的父母会有无奈、困惑、走投无路等心理感受吗？”

山本：“我没从事过福利民生方面的工作，也不是医学相关人士，所以不知道这些。”

多田：“杀意的形成过程，不在你们取证的范围内吗？”

山本：“当然在。”

多田：“你不觉得雅美那时被困惑和无奈的情绪裹挟吗？”

山本：“我没有明显的感受。”

多田：“他们的房间很乱。从这些客观事实当中，你感受不到她的无奈吗？”

山本：“我没有先入为主地认为这种现象是由忽视导致的。做笔录时，我没有时刻提醒自己：这是忽视的典型表现。”

如果嫌疑人的供述含混不清，公开审判是进行不下去的。面对记忆模糊、语言能力匮乏的两人，检方在取证中善用各种技巧，逐渐形成一份明确而详尽的笔录。这种做法并不算太离谱。智则在公开审判中提到“感觉检察官瞧不起人”，但这和他做笔录时十分紧张、有罪恶感，且害怕“高高在上”的检察官有关。相比之下，智则更多时候会依据自己的印象将对方脸谱化，而不是根据对方的真实表现给出反应。就算检察官正常和他接触，他也很可能觉得自己被对方小看。而雅美在取证时无精打采，也没有缜密思考、坚定反驳对方的习惯。两人温驯地迎合了检方的套路。

刚满三岁的孩子被父母塞进纸箱，挨饿而死。那些过着正常的生活、没有充分的知识储备，且不知道虐待是如何发生的人接触到这起残酷的案件时，很难不对孩子的父母产生深深的愤怒。他们肯定认为无论怎样谴责这对夫妻都不为过。我就真奈的案件进行采访时，有不少人直言不讳地表露了对雅美和智则的强烈愤慨。

对忽视缺乏认识的山本试图证明雅美和智则具备杀意。抛开她检察官的身份，面对二人时，她的正义感和道德观一定受到了很大刺激。

有调查显示，在当今时代，三四位母亲中至少有一位在育儿阶段存在强烈的不安全感，这些母亲是"虐待预备军"的一员。有虐待倾向的父母，会因为各种各样的原因陷入自尊极低、危机感严重的状态中，当孩子不听话时，他们会感到极度的不安。因为孩子进一步威胁到了他们的自我意识。

严厉地惩罚父母，并不会消除他们的虐待倾向或育儿不安。重要的是救助者能走进这些父母的内心，得到他们的信任。只有这样，才能创造出合适的环境，让父母掌握具体的育儿方法，放心抚养孩子长大。目前，人们已经摸清了虐待的成因，福利机构在育儿层面投入了多种多样的支持，获得了一定成效。残忍的虐待通常发生在那些走投无路、连寻求救援的力量都被剥夺的人之间。雅美甚至是在被捕后，才第一次听说"虐待儿童"这个词。

在司法现场，人们几乎不会以虐待的成因作为办案的根基。在社会层面，弱小的孩子身上发生了让人不忍直视的惨案，世人每每因此愤怒，呼吁司法严惩犯罪分子。

法庭上，律师多田和检察官山本有关司法解释的争论，主要围绕着检方应当具备有关虐待的社会福利知识、深入被告的内心，以及被告犯罪后需要承担的后果、偿还的罪行等方面展开。

II 缺乏真实感的“爱的笔记”

在法庭上，有关雅美和智则是否存在杀意的争论，主要表现在两人内心情绪的细微波动上。

“我想过真奈也许会死。但是，我没想过她就算死了也无所谓。”——如果是这样的话，就不能断定被告存在杀意。

“我想过真奈也许会死。但我觉得，就算她死了也是没办法的事。”——如果是这样的话，就证明被告存在杀意。

案发约一个月后，雅美在看守所时，在本子上记下了这样的内容：

> 我知道，如果不给真奈食物，她也许会死。现在想来，假如我当时不害怕，给她食物，好好照料她就好了。可是，当时（看着逐渐消瘦的真奈）我害怕极了……那时，我恐怕想过她或许会死，但没想过她就算死了也无所谓。事到

如今，我也绝不认为真奈的死无关痛痒。如果希望她死的话，我就不会给她东西吃了（略）。虽然我曾经连续三天不给她吃饭，但我已经很努力很努力地去克服恐惧了。我的这些想法，也许常人是难以理解的。

雅美写下这些时，仍未掌握自己当时的心理变化。

在看守所时，智则将真奈逐步走向死亡时自己的心情写在信上，寄给了雅美。雅美将其誊写在本子上，其中包括前文中提到的内容。笔者将其记录如下：

> 我当时想的不是"孩子死了也无所谓"或"不希望孩子死"之类的。萌生"孩子死了也无所谓"这种想法，也许只是因为自己什么也没法为真奈做。那时我觉得如果真奈快死了，你一定会想办法的。我没想过要为她做些什么。也许我当时应该和你说一下自己对真奈的这些想法。所以这次的事我觉得自己是有责任的，因为我什么也没有做。

在取证结束时，智则也没有厘清案发时自己的心情。

在极大的压力下，雅美无法面对现实。智则拒绝正视现实，用游戏或工作来逃避，对家里的事极度缺乏关心。

不仅如此，不少幼年受过虐待的人长大后仍然无法认清事实。倘若手无缚鸡之力的孩童遭受虐待时认清现实的黑暗，便会被残酷的现实压倒，或者失去理智，或者活不下去。所以他们学会了求生之术：以避讳现实的方式活下去。如此长大的孩子，不具备面对问题、解决问题的能力。雅美和智则对现实的认识能力之匮乏令常人匪夷所思，这和他们的成长经历也有很大关系。

两人都未能在父母、大人的呵护下成长，但仍旧努力求生，过上了如今的生活。他们不重视和强调自己的想法，老实地遵照父母、学校、社会的要求长大。这两个人犯下了杀人的过错，可以说正是拒绝面对现实的生存原则导致的。

案发时两人内心情绪的细微波动，真的是裁决的重点吗？

现代社会的父母面对困境时无法顺利养育孩子，在无数糟糕的情况叠加下无法转圜，同时也不得不给他们的孩子留下沉重的悲伤回忆——这样的社会现状，难道不才是我们应该重视的吗？

人们真正需要的，是避免这类悲剧发生的智慧。另外，今后两人要如何学会为人父母，抚养他们另外两个孩子？在这些方面，也少不了社会的引导与帮助。

取证结束后，十二月二十八日，雅美和智则从留置所被转移至看守所。

前文中频繁引用的雅美在本子中记录的内容，是二〇〇一年一月十八日至三月十二日之间写下的。

雅美在本子中记下了自己的内心活动、被转移至看守所后和智则通信的内容和写信回答律师提问时的底稿。这个本子同时也是她记录洗衣、购买点心或文具等用品、是否运动等日常起居的备忘录。

我将全部文字读了一遍，为其活泼的文风和内容感到惊讶。漫画风格的插画跳跃于字里行间，主角是一只小猫，它时而高兴，时而难过，还有台词。那种天真无邪的感觉和案件产生了强烈的违和感，我无论如何也无法想象，写下这些文字的人竟引发了如此惨烈的案情。

本子中随处可见夫妻俩对彼此的爱。

（智则的信上）写着：写给最爱的妻子雅美（笑）。……我决定这辈子都要好好珍惜智则。……因为（智则在信上）写：出狱后肯定会经历很多磨难，但你会和我一起努力的吧？我就回复他：当然了！我们要一起努力啊！他在信的最后说，他只是因为喜欢我所以喜欢我，不是因为我哪里好所以喜欢、哪里不好所以讨厌才和我在一起的，而是打心里爱我才和我在一起。我特别开心。我理解他的这种感受，我也和他一样。……从今天开始，他好像每天都会给我写一封信。（略）我想：我的确是被他爱着的呀。我也打算这么做。

雅美经常引用智则信中的内容，引用之后几乎必定会加上"我也一样""我也是这样想的"等文字。仿佛智则的想法转瞬间就成了她自己的想法。

雅美一定记得，就在一两个月前，自己还对智则充满愤怒。智则对家庭漠不关心，沉浸在游戏之中，甚至逼得她有了自杀的念头。然而，雅美写下的内容之中，丝毫没有追究智则"为什么不帮帮我"的意思。

这些文字的另一个大的主题，就是表达对腹中的孩子顺利成长的喜悦。

以下是一月十八日，雅美接受妇科检查后记下的：

> 妇科医生为我做了检查。宝宝头长二点七厘米，头到屁股七厘米。这是怀孕的第十三周，医生说宝宝在健康成长，大小正合适。他踢了我两次，是个活泼的孩子！小手小脚都很爱动。真想早点儿知道他的性别啊。

十二月十日，雅美已经准备流掉腹中的胎儿。但在取证过程中，她的心情发生了转变。案件发生三年多后，她在给我的信中这样写道：

> 被捕时，我身上只有手机，也没有钱，跟谁都联系不上。每天除了取证就是取证……在这样的日子里，有一个晚上，我独自想着心事，想到真奈，忽然觉得该把这个孩子生下来。然后就下了决心。我觉得这是为了真奈，也是为了大地。我拜托陪同我做取证的警察将我的决定告诉丈夫，听说丈夫高兴得哭了。

"陪同我做取证的警察"指的大概是狱警。我问雅美"该把这个孩子生下来"的思考过程具体是怎样的，她在下一封信中写道：

> 首先我想，绝不能做流产手术。说这孩子是真奈的转世或许不太好，但如果就这样流掉孩子，我觉得太对不起真奈了。我想我必须生下他，给他幸福。我想，真奈没做错任何事，却独自承受了许许多多的痛苦死掉了，我怎么还能把肚子里的孩子……从那以后，每当我再想起真奈，都觉得一定要把这孩子生下来。尽管我想过以后，知道孩子出生后也要与我分别，孩子会被送往福利院，但我那时满脑子想的都是："必须生下这个孩子"。

我们的通信距离案发已经过去了一段时间，雅美的陈述可能与事实稍有出入。雅美当时想的应该是到孩子出生的时候，自己可能已经回归社会了。她曾一面在本子上引用智则的信，一面这样写道：

> （智则）觉得我腹中的孩子是真奈的转世，我也是这样想的。他说生孩子的时候他也要陪在我身边。他大概想等到我们都被判缓刑后，和整个大家庭一起生活下去。（略）可能的话，我也（略）想和家人一起生活。

真奈的死令智则迄今为止的成就付诸东流。他像遭遇海难的人想抓住浮木一般，抓着雅美和她腹中的孩子不放。雅美大概以为智则恢复了爱她的气力，自己又孕育了新生命，于是找到了活下去的动力吧。雅美和智则失去了总是不如他们所愿的真奈，有了新的孩子，找到了未来的方向。不难看出，两人的"爱"里有太多任性的、自我的成分。

雅美经常惦念被送到福利院的大地。

> 大地在做什么呢？有没有交到很多朋友？做父母的比孩子更孤单啊……真是的……

然而，比起希望大地健康成长，雅美更多的担忧源于害怕大地离开她和智则后，会渐渐忘记他们是自己的父母。

> 不知道大地现在怎么样了……六月三十日（星期六）他就两岁了。好快啊……好想早点见到他……否则我很怕他会把我们忘了……
>
> 现阶段大概是见不到大地了……见到他的时候，他都会说话了吧？一想到这个我就不安……会说话的孩子，有时会很伤人。他还可能嫌弃我……我好害怕……

也许光是想象逐渐拥有自我意识的大地无法接受自己，雅美就会产生被否定的感觉，从而沉浸在痛苦之中。她还记下了这样的内容：

> 只要肚子里的孩子健康成长就没问题！！……再这样
> 颓废下去可不行，打起精神来，勇敢面对未来吧！……现
> 在我乐观地看待很多问题。（略）我觉得腹中的孩子是真
> 奈的转世，所以我打算让他和大地健康地长大，连同真奈
> 的份。……为了生一个健康的宝宝，在看守所里我也要认
> 真努力地面对生活。……十二月的那个我已不知去了哪
> 里……那时的我不仅颓废，还觉得一切都无所谓。现在的
> 我可以积极地思考很多事情了，不光是自己的事，还有孩
> 子、为我守候的人——因为如果我继续颓废下去，除了让
> 真奈难过，别的什么也做不到……

尽管遭遇了始料未及的灾难，却不被困难打倒，乐观地生
活下去——这些雅美在真奈去世后写下的文字，字字句句都让
人感到异样。恐怕除了异样，再无其他。但在雅美看来，"不再
颓废，乐观生活"的心情，大约是她对过去那段日子丧失生活
意志的反思。无论发生什么都要打起精神，开朗地、乐观地活
下去，这就是雅美所认为的"善"的唯一形态。

这份不切实际的开朗，正是雅美的病灶。时光隆隆地倒转，
两个人仿佛又回到了雅美怀上真奈，决定瞒着聪子将孩子生下
来时的状态：十八岁的少男少女纯真无邪地憧憬着美好的未来。

雅美在本子上重复提及的，是诸如"想把孩子们宝贝地养

大""想和家人快乐和睦地一起生活"这些琐碎而平凡的愿望。然而，想要达成这些愿望，却要走过没有尽头的漫漫长路。

只有和律师沟通时，雅美才不情愿地回溯了过去。前文中我经常引用雅美的文字再现案情经过，而那些大部分都是她对自己回答律师提问的备忘。她和律师第一次见面时的记录是这样的：

> （面对律师）我上来就说自己是个人渣，惹得她发火。（略）律师说，她觉得我一直想做个好孩子。她说的确实没错。从小大家就说"雅美是个好孩子"，所以我一直觉得我不做个好孩子就不行。高桥律师关注到了这个问题。我想多和律师谈谈，加深对自己的了解。除了"想做个好孩子"，我的性格还有很多面。说不定，真正的自我还没有表现出来……

如果低头道歉，说自己是个人渣，判决就会轻松结束，刑期也很好确定。但如果这样下去，雅美就只有被动接受这一切。辩护团希望雅美鼓起勇气面对案件。做到这一点需要付出很多的艰辛和努力，还没有认识到这一点的雅美选择坦诚相对。以下内容来自雅美的笔记，其中有部分文字前面提到过。

> 我不知道智则真正的感受是什么。我想，现在是了解他的感受的最好时机。此时此刻，我的感受应该也是真实

的。我一直觉得取证就是"任由刑警们摆布"。所以我很容易就认为"也许就是他们说的那样吧"，然后就认同了他们的说法。所以我现在跟律师说的都是事实，是我的真实感受。

一月三十一日，雅美和律师见面后，第一次在本子上记下了她对真奈的理解。

> 想到真奈，我觉得我能理解她的感受……她每天都在寂寞和悲伤中度过。想到这些我唯有后悔——为什么那时候的我什么都做不了呢？

二月二日的日记中提到，律师告诉雅美一系列案情的实际情况，包括为她争取缓刑、回归社会的难度很大，以及整个审判可能会持续将近一年，等等。

> 律师和这里的员工都告诉我，我很难被判缓刑。我自己也这么想过……（略）我很清楚，从现实角度考虑，缓刑的可能性很小。律师也这么跟我说了，我听得很明白。怎么可能这么轻易就放我们出去呢？我们毕竟杀害了一个活生生的生命啊。无论会不会进监狱，我都想做个了断。不知道智则听了律师的话，会是什么反应……（略）我觉得他对于未来应该有很多顾虑，估计他的情绪会走在事实

前面……我猜他肯定是这样。还是关注眼前的事比较好。（略）希望智则也能面对现实。

雅美似乎试图在本子上记下和律师谈话后的思考。但她不是主动思考后得出结论，而是默写般重复律师的话。这恐怕也是雅美的病灶之一。

对于回归社会后的情景，她的记录似乎也是在照搬律师的话：

> 出狱之后，应该先把孩子放在福利院一段时间。等到我和智则的生活安稳下来，再去见孩子，这样大概比较好。这样的话，我就不会像以前那样一个人受苦，压力也不会那么大。或许会给孩子们留下一段寂寞的回忆，但在我们没钱、生活不稳定的时候就让孩子们和我们一起生活，他们也挺可怜的。

CAPNA辩护团接手虐待案时，会在办案过程中考虑到今后父母和孩子的关系修复。雅美和智则的案子也是一样，辩护团在审判前就开始做两人的工作，让他们了解修复亲子关系的步骤。

拒绝敞开心扉的智则让律师们很困惑。他和律师见面时不主动表达，时而展现出对母亲近乎憎恨的强烈抗拒。律师们商量后认为，原生家庭对他的创伤或许比雅美更深。

智则为真奈的死感到痛苦。案发三年后，智则在写给我的信中提到，被转移到看守所后，自己有时会梦到真奈。梦中的真奈是去世时形销骨立的模样，一直在哭。他被"鬼压床"了好几次，总是幻听到真奈的哭声。他说，自己在看守所吃喝自由，吃不下时还会剩饭，这些时候对真奈会有罪恶感。

他在寄给雅美的信中，也经常提到自己梦见了真奈。雅美的本子里有这样的记录：

> 智则说，自己梦到水里有个东西（身上捆着像绳子的东西，可能是我肚子里的孩子）凑近过来，问他："爸爸，你寂不寂寞？"……智则这个月初做了梦，真奈出现了，死死地盯着他。（略）据说梦里的真奈永远都不会笑。……智则似乎认为做得糟糕的是他自己。我觉得不是这样。我也有不对的地方。要是我再坚强些就好了。不过我刻意没告诉智则这些。

智则在向雅美反省，雅美却不想主动告诉智则她自己的想法。

雅美继续誊写智则的信：

> 他写信说，觉得我讨厌婆婆是因为他。智则觉得，如果他不存在，真奈就不会死。我很生气，并且写信告诉

了他：你可不能这样说。不能责备自己，说什么"要是自己没出生就好了"之类的话。我还想过好几次呢，要是这世上没有我就好了。

在雅美对智则的引导和支持下，两人又回到了起初相遇时的关系。

III 相似的母女

案件刚刚发生时，雅美的母亲秀子面对媒体采访时说："有关真奈的事，我完全不知情。我希望两个孩子有问题时不跟我说谎，会找我帮忙。"被问到对未来的打算时，她的回答流露出对女儿的关心："希望他们能将长子和肚子里的孩子健康地养大，连同真奈的份。我也想尽我所能为他们提供帮助。"然而，她既没有去留置所看望在十二月的严寒中瑟瑟发抖的女儿，也没有托人送去生活必需的钱或物。给雅美送外衣和贴身衣物的是律师们。

被转移到看守所后，雅美给秀子写过好几封信。秀子没有回信，而是将它们交给媒体公开。

妈妈还好吗？我总是写信，有没有让您为难？（略）工作忙吗？

信的开头很客气，后面坦率地写下了去年十月，真奈从聪子家回来后自己的心情。

> 日子慢慢过去，（真奈）在阿姨（聪子）家惯出来的毛病慢慢显现。她不自己吃饭，还经常做出要抱抱的姿势，调皮捣蛋也比以前多了。看到她这样我就想起阿姨，对真奈的爱一点点变淡。无论我和她说什么她都不听，我就想起阿姨、想起她脑袋受伤的后遗症。……智则什么也不管，还有很多欠债，我的压力无处发泄。……十二月十日那天，我们不是见面了吗，当时我强颜欢笑，其实一直想让自己忘记真奈，不去想她。真奈瘦下来之后，我一直很害怕，碰都不敢碰她。

她还在信中道歉：

> 女儿变成了这个样子，真是对不起。

信上的内容，和案发三年后雅美所说的内容基本一致。雅美向母亲倾诉衷肠，恳求母亲的理解和原谅。而母亲没有做出回应。

案发三年多后秀子接受我的采访时，在最开始时这样说：

"整个十二月，律师和我没有任何联系，我不知道必须给雅美送衣服。要是知道的话，就是再不方便，也能用邮寄的方式邮给她。"

第二天的采访结束时，我又问了同样的问题，她是这样回答的：

"虽然律师告诉我，最好去看看雅美，但从我这边来说，还是提不起兴致啊。不过，多数情况下人们应该都不会去的吧。虽然我和雅美姓氏不同，身边没人知道我是她的母亲，但大家会说三道四：'有这种（会虐待小孩）孩子的父母，肯定觉得难堪，不会去见孩子吧''连信也不会给孩子写的吧''是不去看孙女的长辈做得不对'什么的……'也不知道做父母的是怎么想的'什么的……所以我更没法去看她了。

"因为这起案件并不普通，我也就不知道（作为父母）该怎么应对了呀。"

秀子介意街坊四邻的议论，有强烈的被谴责感，于是无法动身。对于她接受媒体采访，将雅美的信公开一事，她这样解释：

"最开始我觉得，（作为父母）应该给出那样的回答，没法说出自己的真心话。所以我就只说了些表面话。另外我也要整理自己的心情，我不知道自己对雅美是怎样的心情。我那样说，是想确认一下。"

面对女儿犯案一事，秀子无法自己思考决定该说什么、该做什么，也不会为女儿着想。

秀子第一次见雅美是二月一日，当时距离案发已经过去五十多天。一月二十五日，雅美得知母亲要来见她后在日记中写道：

听说妈妈二月初会来，开心。到时候我该用怎样的表情见她呢……好吧，就像平时那样，笑着去见她好了，我不想显得太阴暗。不能再这样吊儿郎当的了，打起精神来，今后也要努力啊！！

以下是一月二十七日的记述：

（妈妈）会是什么样子呢……她会不会哭啊。（略）我有点儿担心。虽然我现在想着从容面对，但说不定自己也会哭……我可不能哭。我要打起精神，努力生活。不能再吊儿郎当了。

字里行间充斥着要与母亲见面的喜悦，雅美却不想将痛苦或悲伤等自身的负面情绪传染给母亲。母亲要来的前一天，她这样写道：

明天妈妈就来了——律师是这样跟我说的。好紧张啊……不知道妈妈会说我什么，有点儿害怕……我也害怕看到她的表情……我从没这么怕过妈妈……她来看我，我虽然高兴，可万一她突然说……"我要和你断绝关系！"之类的话怎么办……好可怕啊……应该……不会这样吧……

在母亲面前，雅美永远想做一个好孩子。而这一次，她却不得不看清自己原本的样子——不是好孩子的样子。如果不是好孩子，就会被母亲抛弃。雅美想到这里就觉得害怕。她和母亲见面那天下雨了。

今天好像要下雨。妈妈这时候过来，真辛苦啊。妈妈会是什么表情呢？妈妈会问我什么呢……真希望见面的时间足够长啊。好紧张呀。

见面后，她这样写道：

见到爸爸妈妈了，太好了……放心了。（略）从今以后，也可以和妈妈一点点地商量今后的事。因为她说，她也会给我写信。放心了放心了……但是，听说媒体的人现在还会找他们。我净是给他们添麻烦了……这次给妈妈写信时，我再和她道一下歉吧。

雅美所谓的"放心"，指的大概是发现父母对自己的态度和案发前没有变化吧。

秀子对这次见面的感受是复杂的。她在面对我的采访时这样说：

"一开始见面的时候，雅美的表现很正常。她和我们之间虽然是被隔开的，但除此以外一切都很正常，我们正常地和她说了会儿话，然后回去了。她没有哭，也没和我们说'对不起'之类的话。回家之后，我觉得不太对劲：我为什么没问她有关真奈的事，为什么只是普通地和她聊了聊天就回去了呢？

"后来，我们大概见了十来次面，一次也没正经地谈起过真奈。一和雅美见面，我就会笑。也不知道是为什么。"

雅美在给我的信中也提到，父亲或母亲来见她时，她总是笑容满面。雅美努力和秀子维系着情感，就像真奈的死不存在一样。

秀子看了女儿在看守所时写下的文字。然而，她似乎没从中读出两人见面前雅美望穿秋水的心情。"虽然写了'妈妈会问我什么呢'，但也就仅此而已。"她对我说。

秀子告诉雅美，大地住在爱知县的一家福利院里，她不久前去探望过。"大地可以自己吃东西，比以前胖了。我拍了照片，但今天没带来。"听了这些，雅美在本子上写下："好期待看到照片。"然而，秀子其实没去福利院。她轻描淡写地对雅美撒了严重的谎。父亲在一旁也没有纠正母亲的谎言。

见面时，雅美把律师借给她的衣服拿给秀子，请秀子帮忙洗了还给律师。但律师没有收到衣服。三年多后，秀子在采访时告诉我，律师说衣服不用还了，她就把衣服放在了家里。而律师没有对秀子说过这种话。

雅美能够指望母亲什么呢？然而，她没有逼问母亲，只是苦等着母亲来看自己。

那之后，秀子每个月月初和前夫一起购物后会来看雅美。雅美的哥哥有时会和秀子一起来。一家人恢复了从前的习惯，一个月见一次面。

智则的父母在他被捕后，也有段时间没来见他。十二月，得知他被转移到看守所后，立刻来看望他的是公司的人。智则领会到公司的担忧，并未等待被解雇，而是主动提出离职。新一年的开头，此前几乎和他没有交流的亲生父亲来看望他。这是父子二人时隔八年的重逢。

一月五日，聪子来见智则，她要求智则和雅美离婚。智则拒绝，两人断绝了母子关系。聪子已经见过大地，将大地的情况转告给了智则。

一个多月后，雅美从智则的信中得知聪子去看过大地，在本子上写下："真烦人……我很讨厌她这样。"雅美担心连大地也会被聪子夺走，深感不安。

智则的养父村田博之尽管没有露面，却向智则转告了消息：既然智则犯罪，自己就要和他解除养父子关系。智则和雅美在信中商量，要将姓氏改为智则亲生父亲的姓"后藤"。到了三月上旬，博之终于和智则见面，直言不讳地谈了解除养父子关系的事。后来律师做了博之的工作，养父子关系最终没有解除，智则和雅美至今仍姓村田。但智则说，那次见面后自己就不再认为博之是父亲了。

如前所述，智则拜托聪子将真奈葬在自己亲生父亲家的墓中。智则似乎也已经打定主意，死后要葬在那里。也许他最终还是会改回生父的姓吧。

两人都被他们的父母拒绝，连姓氏都要保不住了。日本社会的家庭制度如今仍以潜在的形式发挥着作用。失去姓氏，也就意味着在社会中失去了归属，成了无根的飘萍。

智则的父母仿佛认为，给自己抹黑的孩子就该被抛弃。真奈一岁半体检时，智则得知她发育迟缓，就对她不再关心。聪子和智则不愧是亲生母子，在这一点上讽刺般的相似。

案发之后，我立刻申请采访智则和雅美的父母。秀子和聪子收到我的信后，分别联系我表示了拒绝。我尝试登门拜访小野俊介的住处，但无论白天还是夜晚——即使有时屋里似乎有人，也无人应门。我在便笺上留下自己的联系方式，但没有人联系我。村田博之家我也去了几次，只有一次得到答复："我现在没什么想说的。"父亲们似乎从根本上拒绝和记者产生关系。

在父亲和母亲之中，更受关注的往往是母亲们。无论是接受媒体采访、在公开审判中做证，还是给智则和雅美做犯罪心理鉴定时接受面试，出面的都是聪子和秀子，父亲们的存在感薄弱。也可以说，被揪到社会层面，接受问责的往往是母亲。

二〇〇三年秋，此时距离案发大约三年，高等法院刚刚做出审判不久，我再次写信给聪子和秀子。随后从聪子那边收到了智则妹妹的拒信，信上写道：

> 心情好不容易才平静，不想翻旧账。……（母亲）现在的公司不知道她家里发生过那样的事。

秀子回复我可以见面。约好见面那天，我到了车站联系她，她开一辆轻型单厢车来接我。秀子和雅美长得很像，但疲惫的神情使四十五岁的她看上去比实际年龄要老。也许是感受到了我的想法，她嘟囔了一句："真奈死后，我总也笑不出来，脸上的肉都下垂啦。"听说她在这一年的二月曾因高血压住院，身体尚未完全恢复。她说住院后还一次都没去探望雅美，作为母亲，她还没整理好自己的心情。

一九五八年四月六日，秀子出生。这是衣浦港被指定为重要港湾的第二年。她的成长正赶上日本的经济高速增长期。秀子的母亲即雅美的外祖母是当地人，未婚便生下秀子。秀子的父亲来自知多半岛的一个城镇，老家是做泥瓦工的。秀子不知道自己的父母是怎样相识的。

秀子年幼时和母亲一起住在外祖母家，成长过程中和外界接触甚少。"母亲对我不闻不问。她没为我费过心，我不记得母亲疼爱过我。"秀子说。

秀子快上小学前，三岁的弟弟长得越来越像父亲，姐弟俩的户籍上这才有了父亲的姓名。母亲带着她和弟弟搬到知多半岛城镇的祖父母家，但那时父亲正因结核病住院。秀子对父亲的记忆，只有几次去医院看望父亲时他躺在床上的模样，和她上小学一年级时父亲的去世。

母亲带着两个孩子回到武丰町，在外祖母家的园子里盖了间房子住。这便是雅美和她的哥哥、父亲后来住过的地方。

案发后不久，我到这间房子周围转了转。秀子外祖母的家占地很大，房子也大，还是崭新的。气派的家宅身后是宽敞的庭园，一栋老旧的木制房子藏在园子深处，这就是学童时代的秀子和母亲、弟弟生活的地方。外祖母家周围是整齐的住宅区，住的多是从小地方搬来这个城镇的人。

我在住宅区遇到一个女人，她的女儿上小学时和秀子同年级。她说，秀子的家人和当地人几乎没什么交流，也没见过秀子小时候和其他孩子一起玩。秀子的弟弟好像融不进这一带孩子们的圈子，经常独自坐在一旁看着其他小朋友玩。

秀子说自己从小就一个朋友也没有。她说由于家境贫寒，她总是穿得很邋遢，别人不愿意接近她。秀子的母亲曾在钢铁工厂上班，又辗转做过牙医助理、磨刀石工匠等许多工作，但收入都有限。秀子小时候已经是电器普及的时代了，家里却没有洗衣机，连洗衣服都很不方便。

秀子的母亲身边常有男人，且一时一变。有的男人还和他们住在一起。其中有不少男人另有家庭。

"也许为了活下去，母亲需要男人吧？"秀子说。她的母亲在经济和精神上，都依赖着那些男人。母亲有时会因为介意男人们的目光而训斥秀子。

"无论我做什么，或是什么都不做，都会挨母亲的训。她疼弟弟，即便训斥他也只是动动嘴而已。训我时则会抄家伙打。"

秀子在学校也受过欺负，老师知情却不作为。班上有人丢钱或丢东西时，老师还认定就是秀子干的。

"这让我情绪很糟……但我什么也没有说。因为那时候我是个内向的、性格保守的孩子。放到现在，我会说东西不是我偷的，但那时说不出口。我对母亲说过被怀疑让自己感到很痛苦，但母亲也没有去找老师说理。母亲也是个没有主见的人。"

孩提时代，秀子唯一的乐趣是画画。沉浸在绘画的世界中，她就能忘掉那些不开心的事。秀子上初一初二的时候，母亲和一个有暴力倾向的男人同居，建立了实质的婚姻关系。对方是从小地方来的卡车司机，不喝酒的时候人还不坏，喝醉后就变得十分粗暴。

案件刚发生时，我到这一带采访，提到这个男人性格粗暴的街坊不在少数。听说秀子家动辄传来打碎玻璃的声音或怒吼声。还有人说这个男人曾踹死过狗。秀子说，他踹死过两条狗。

听说秀子的母亲常被那个男人用一升装的玻璃瓶殴打，脸肿得老高，胳膊还曾被打到骨折。警察到了秀子家门口，但得知"是夫妻之间的事"，就没有介入。那个男人也对秀子施暴。秀子逃到隔壁外祖母的宅子里，他就追过去大闹。这样一来，秀子也无法寻求外祖父母的帮助。秀子还说，那个男人经常占她的便宜。

秀子不曾和那个男人针锋相对过，但极度厌恶他。那个男人体味很重，她恶心得不行。秀子的抗拒引发了男人加倍的愤怒。

弟弟也拒绝这个继父，但力气比不过他，遂以向母亲施暴的形式表现自己的不满。母亲承受着来自未登记的丈夫和儿子的双重暴力，而秀子无法阻止，只得顺其发展。

无奈或许是与十几岁的秀子为伴的唯一情绪。

秀子不想和那个男人住在一起，于是请住在隔壁的外祖父帮忙找来业余的木工，另外建了一间房子。上高中后，她几乎将全部精力用来打工，以支付建房子的费用。读高中时她没交到朋友，因为打工太忙了。

听秀子说，十八岁时，她有一次和继父一起开车接母亲下班，差点被继父强暴。这件事她没有告诉母亲，她觉得假如母亲为此向继父抗议，也许又要被打。而且她也为此事感到羞耻。

这时，母亲的朋友提议给秀子相亲。见面后，秀子觉得大自己六岁的小野俊介很温柔。她很想早点脱离自己的原生家庭，于是很快便定下了婚事。母亲这位朋友是俊介上司的妻子，所以俊介的上司和上司的妻子就成了小两口的媒人。婚后，夫妻俩就住在俊介上司家旁边，离秀子的母亲家也不远。

秀子十九岁时，长子出生。孩子出生时体重两千六百克，偏轻。孩子只要大声哭闹，住在隔壁的上司的妻子就来秀子家查看情况，大事小情都会叮嘱她。有时白天就来了，待到晚上才走。秀子很痛苦，但没和上司的妻子说过希望她回家。秀子和俊介说过自己的感受，希望他想想办法，但俊介也不便和对方提意见。俊介下班后必定会去打小钢珠，回家很晚，夫妻二人长谈的机会不多。

上司的妻子联系秀子的母亲，告诉她秀子不太会带小孩。于是每到星期天，秀子的父母都会到秀子家看望，然后训斥秀子不会带小孩，把长子带走。母亲不听秀子解释，将她一个人留在家里。秀子觉得母亲向来对自己无情，只疼儿子，因此产生了怨恨的想法："我就无所谓吗？"

继父比母亲更偏爱长孙。

"他们一把孩子带走，就什么吃的都给孩子吃。甜食、用纯牛奶代替奶制饮品等，还给孩子喝过酒。这不是虐待吗？！"

长子被送回家后，身上往往带着继父强烈的体味。

"孩子从外祖父那儿回来后，就算只待了一天，也会受到他们的影响。我就很生气：孩子是我养的，为什么会和外祖父越来越像？"

秀子说着扭歪了脸。

秀子说，自己在家不让长子吃甜食，但长子回家后就说想吃巧克力。是继父让孩子吃的。秀子下意识地做出反应，把年幼的儿子推开。对继父的抗拒引发了她对儿子的抗拒。

"我不想看到那孩子。我想：'你干脆在那个家生活算了。'真是再也忍不了了。"

秀子诉说的育儿心理，和真奈被聪子带走后雅美的痛苦很相似。真奈从聪子家回到雅美身边后，雅美觉得她身上带着聪子的味道，会用力搓洗她的身体。秀子说，她很理解雅美的心情。

长子两岁时，雅美出生。溺爱长子的继父和母亲似乎对雅美没有兴趣。秀子说，她不曾对小时候的雅美有过怨恨的情绪。

听说雅美小时候，是个性格活泼、不让人费心的孩子。"她一个人出门玩，能在外面待很长时间"，秀子如是说。然而，此时的雅美不过两三岁，这样小的年纪，并不适合长时间脱离成年人的视线。我问出心中的疑惑，秀子回答，他们住的地方附近孩子很多，并不危险。年轻的母亲这样带小孩，怎么看都是不可靠的。

前面已经说过，秀子无法忍受和俊介生活在一起，离家出走了。

从九州回来后，秀子变得敢于说出自己的见解或情绪了。但继父认为这是顶嘴，便殴打秀子，打掉了她的牙齿。到了这个时候，秀子终于对母亲说出婚前继父曾对她进行性骚扰的事实。母亲得知此事没说什么，而是拜托熟人走关系，让秀子一家重新住进了员工宿舍。在员工宿舍的生活在雅美九岁时也以失败告终，秀子扔下四个孩子，再次离家出走。

秀子离开之后，雅美便代替母亲接送两个小弟弟上保育园。这或许正是秀子期待已久的转变。

从此以后，秀子不时和雅美联系，问她家里的状况。和一贯在家中闭门不出的哥哥相比，雅美更为可靠。秀子瞒着俊介和雅美见面，还给她买过衣服。秀子说，雅美穿着之前没穿过的衣服，父亲俊介好像也没发现。

这段时间，秀子的继父身体出了问题，回老家去了。继父离开后，秀子在母亲家生活了一段时间。雅美也常去外祖母家，和母亲一起生活。秀子说，她让雅美多吃饭，还让她带米回过家。

或许秀子知道自己的孩子们有时连饭都吃不上，饿着肚子度日。采访中我试着变换方式提问，但她没有做出明确的回答。

秀子曾经提到，她有时会给孩子们和父亲一起住的员工宿舍寄大米。因为她知道，俊介花光了钱，就吃不上饭。雅美的哥哥长期不去学校上课，没有学校的伙食，秀子觉得只要家里有米，孩子怎么都能对付过去。听秀子说，长子在米饭上洒些酱油，吃两三口就钻进被窝打电视游戏了。听说游戏机是父亲心情好的时候，长子求着他买的。

另一次，秀子说自己那时不知道家里的电和燃气都会停掉，孩子们在黑暗中吃着仅有的米饭。直到雅美结婚后，她才第一次听说了这些。她说，真正艰难的时候，雅美是什么都不说的。

母亲模模糊糊地感受到孩子们过得并不好，但只要他们还能应付，便故意不问，不去深究。这似乎就是秀子和孩子们维系母子关系的方式。雅美模模糊糊地知道真奈正一天天地衰弱，却对此视而不见。母女俩的做法有很多相似之处。

雅美也不会向母亲倾诉自己的痛苦。孩提时代，最令她痛苦的经历之一就是遭遇欺凌，她却告诉母亲那是发生在其他孩子身上的事。母亲回答："既然这样，雅美就去和那个孩子交朋友吧。"雅美逐渐明白，无论自己遭遇多危险的事，父亲和母亲都是靠不住的。

秀子也对我说："雅美发生的事如果发生在我或我母亲身上，我都不觉得奇怪。"

那么，悲剧为何没有发生在秀子或雅美身上，而是选择了真奈呢？重新审视这三代人的生活，我发现随着年代的推进，援助新家庭的力量正在逐渐衰弱。秀子的母亲在父母的帮助下，在自家园子里建了房子和两个孩子一起生活。秀子因家庭开销借的欠款由继父和母亲一家接手，代为偿还。但雅美的欠款却没人替她还。家庭成员之间相互帮助的力量渐渐衰弱，弱者仿佛被剥光了身子，暴露于社会之中。

IV　最后的质询

　　第一次公开审判于二〇〇一年三月十四日开庭，引起了社会的广泛关注。

　　这一天，检方读完开庭陈述，智则和雅美承认其中关于将真奈关在纸箱中、未曾提供足够的饮食的描述，但否认自己有杀心和共谋关系的存在。

　　这是雅美自案发三个月来第一次见到智则，对她来说，这是欢欣雀跃的一天。

　　公开审判持续了一年半，开庭二十二次。聪子、秀子、给真奈检查身体的中岛医生、当时爱知县健康福利部的技监*、有过诊断受虐待儿童并在非洲诊断过饿死儿童经历的儿科医生长岛正实（现爱知幼儿保健医疗综合中心长）、负责司法解剖的名

---

*　技监：日本中央省厅、自治体与民间企业总管技术事项的职位。

古屋市立大学医学部法医学讲座教授长尾正崇、熟悉虐待行为的三重大学医学部法医学讲座教授福永龙繁等人都出庭做证。

我从第二次公开审判开始旁听，那是我第一次看到了智则和雅美。"曾经的上班族"一词不适合用来形容智则，他看上去就像个青涩未褪的高中男生。雅美当时还大着肚子，但神情中仍然留有少女般的脆弱。真人和报道案件的周刊杂志上登出的两人照片——蓄着挑染的头发，直视镜头的目光中仿佛带着挑衅——大相径庭，令我大为震撼。

智则面朝前方的法官坐着，身体几乎一动不动。雅美习惯低着头，听证词时不时用手中的手帕拭泪。坐在她身后的律师神色沉稳，偶尔探过身子，面带微笑地和雅美说些什么，雅美小声应答。审判过程中，考虑到雅美的身体情况，法官几次应律师的要求短暂地休庭。

雅美怀孕期间，看守所为她准备了孕妇餐。体检时由狱警陪同，戴着手铐坐囚车去医院，走的都是正规流程。

"这里的伙食好得让我惊讶。出狱之后，我也想努力让智则和孩子们吃上有营养的饭菜。""孕期生活似乎比在家时更放松。怀真奈和大地的时候，一切都要我亲力亲为，很累。不过现在休息的时间比以前宽裕很多，饭菜的营养也跟得上，对于怀孕的我来说，反倒是件好事。"雅美在本子上写道。

腹中孩子的成长，给雅美带来了莫大的喜悦。她在给母亲秀子的信中，也提到自己为孩子的成长而开心。秀子把雅美的信拿给报社记者，说自己不理解雅美怎么能写出如此阳光的文字，仿佛忘了真奈的死。记者将此事登载出来。

公开审判大概一个月两次，但自六月末起停滞了大概两个半月。七月上旬，对雅美的审讯暂停执行，雅美住进名古屋市内的医院，诞下一名女婴。是个健康活泼的婴儿，取名由美，这个名字是雅美和智则通信时为孩子取好的。

雅美只在给孩子喂奶时被允许抱抱孩子、给孩子换尿布。母女之间的接触时间十分短暂。

雅美的母亲秀子和父亲俊介来医院看她，雅美进看守所后，一直保持通信往来的、从小一起长大的信子几乎每天都来看她。

出院时，爱知县内一家儿童咨询所的员工来接孩子。雅美戴上手铐，乘囚车回到看守所。她在信中写道，她在车上时几欲落泪。她吃了回奶的药，但乳房还是涨得厉害。

那年秋天到第二年二月，雅美和智则分别接受了三次质询。

对雅美的质询由律师的问题开始："案发已经过去十个月，现在你对真奈是一种怎样的感情？"雅美简短地小声回答："我对她做了过分的事""我很后悔"。随后的审问以律师主导，律师详细叙述会面或通信中和雅美确认的案发时的情况以及她的心情，雅美简短地回应。雅美并未大段讲述事情的经过和自己的想法，其中有这样的对话。

律师："十月中旬的饭量大概是多少？"

雅美："和之前差不多。"

律师："详细说说。"

雅美："两三块面包。米饭的话，大概一碗。"

律师："这段时间，真奈和你说过什么吗？"

雅美："从阿姨（聪子）家回来时，和我说过一次'好七'。"

律师："她吃了你做的饭，然后说'好七'，对吧？"

雅美："对。"

律师："你当时有什么感受？"

雅美："很高兴。"

律师："后来她有再和你说过同样的话吗？"

雅美："没有。"

律师要求雅美形容自己心情的时候，她总是显得很犹疑。很明显，她表达能力欠缺，言语笨拙。

仅凭法庭上的表现，我也体会不到雅美在育儿过程中具体是如何被逼上绝路、怎样痛苦的。直到和她多次通信，读到她在本子上的记录，我才有了真实的感受。

法庭的氛围并不会加重被告的紧张情绪。律师们没有板着脸，审判长石山容示自始至终都耐心聆听被告的供述。

对雅美的第一次质询，呈现了真奈从出生到去世前一刻的大致情况。第二次质询中，法院问清了雅美的成长经历、和母亲秀子的关系、欠款情况，以及真奈自二〇〇〇年十月从聪子家回到雅美身边直到去世前的具体经过，和雅美被捕后检方取证时的情况。第三次质询继续围绕检察官取证时的态度、雅美与智则的关系展开。其中还包括检方的反询问和律师进一步的询问，主要围绕取证笔录是否妥当展开。

在律师的帮助下，雅美虽然结结巴巴，却还是逐一否认了笔录中对她有杀心以及她和智则有共谋关系的记录。

第二次质询时，高桥律师问雅美："秀子和你说，她去看过大地对吗？"

雅美回答："是的，她来名古屋探望我时跟我说，她也去看过大地。"

高桥告诉她："其实秀子一次也没去过。"

雅美听了，粗着嗓子低声说了一句"让人火大"，继而用手帕捂着眼睛抽泣。这句话的语气和之前明显不同，像是脱口而出。

高桥继续问："以前，你从没对我们几个律师说过你母亲的坏话。这是我第一次听说。类似于'让人火大'的情绪，你以前也有过吗？"

雅美："一直有。"

高桥："为什么没和我们说呢？"

雅美："说不出来。"

高桥："为什么呢？"

雅美哭着，没有回答。

这次质询的一个半月后正值案发一年，当地的报纸《中日新闻》以"七百封邮件"为题组稿，刊发了追踪案件背景的连载。文章中引用了大量雅美在看守所时写在本子上的内容和智则给雅美寄去的百余封信。

文章还刊载了雅美抱着真奈微笑的照片、对着按快门的雅美探身子的真奈的照片。

文章中提到，公开审判时雅美脱口而出"让人火大"后，给秀子写的信中"充满愤怒"。秀子在审判后的会面中老实地向雅美道了歉。一个月后，雅美写信给她，说"想了解妈妈"。文章把这些内容都报道了出来。

报道中引用的信和本子上的内容，是雅美住院分娩时交给秀子保管的。秀子没有征求雅美和智则的同意，就将这些内容和留在家中的照片一起交给了报社。看上去，和母女之间的信赖相比，秀子更看重和新闻媒体的合作。

两年后我和秀子见面时，再次问她为什么没有见孩子却要告诉雅美见了。秀子说："（公开审判）之前我就有去福利院，但没在前台来访者名录上登记。可能福利院那边不知道我去过吧。公开审判前，我还拍了孩子们的照片给雅美。审判后我们会面时，我跟雅美解释过了。雅美也表示理解。"

我写信告诉雅美秀子的话，问她是否有此事，雅美回信说在公开审判那天之前，自己没有收到过孩子的照片。律师给福利院致电确认过，福利院的员工在那之前没见过秀子。公开审判前，秀子并没去过福利院。"很遗憾，（略）这是妈妈的谎话。"雅美写道。

对智则的质询分三天进行，分别是二〇〇一年十二月五日、十七日和二〇〇二年二月四日。

第一次质询刚一开始，律师问智则：案发至今大约过去了一年，能否形容一下你现在的心情？

智则用平淡到乏味的语气答道："是想道歉、对不起大家的心情。"

雅美当时坐在证人台旁边、侧面对着旁听席的长椅上，听到这句话后，连忙用手帕拭泪。

看得出，智则极为紧张。最开始，他能声音洪亮、明确地回答问题，但他的声音很快便暗沉下来，听来有气无力。对智则的质询和雅美那时一样，由律师再现他在案发当时的情况和情绪并提问，他简短地作答，予以肯定或否定。

他的供述有时显得混乱且意图不明。他和律师有过这样的交流。

律师："雅美和你说过'今天我帮了别人，估计能中彩票吧？'对吗？"

智则："对。"

律师："她说的是彩票，你的回答（你要是真想中彩票，还不如好好喂真奈吃饭）为什么提到了真奈呢？"

智则："妻子说自己做了好事，所以我就那么说了。"

律师："听你们的对话，给我的感觉是你认为给真奈吃饭是一件好事。是这样吗？"

智则："我应该不是这样想的。"

律师："那么，'好事'和'给真奈吃饭'这两件事，是怎么联系到一起去的？"

智则："我那么说，应该是觉得雅美就算做了好事，该做的事还是没做吧。"

律师："你刚才的回答里，'该做的事'指的是给真奈吃饭吗？"

智则："是的。"

律师："那么，雅美平时不怎么给真奈吃饭吗？"

智则："这个我不太清楚。"

律师："那你为什么会觉得真奈没怎么吃饭呢？"

智则："我看到真奈瘦了的样子，就有了这种想法。"

律师："你看到真奈瘦了，觉得她是为什么瘦的呢？"

智则："我应该没往那边想。"

思维混乱的智则说的这些话究竟想表明什么呢？听者很难勾勒出他的意图。智则无法准确地领会律师提问的目的，并总结自己的思考和想表达的内容，做出回答。

检方在法院给出判决前的论述中提到，智则此时的供述前后不一致，是"刻意回避被告雅美没给真奈吃东西的事实——这一事实的供述，会直接影响法院对两名被告刑事责任的认定"。

第二次质询时，进入检方反询问的阶段后，智则表现得更加混乱。

检察官："你不知道供述笔录是为什么而做的吗？"

智则："我不知道。"

检察官："和律师见面时，律师没给你建议吗？"

智则："我不太记得了。"

检察官："律师没有告诉你，要先确认笔录内容，再签名、按手印吗？"

智则："我不太记得了。"

检察官："笔录里有'死了也无所谓'的内容，你还记得吗？"

智则："记得。"

检察官："这个内容不是被告说的吗？"

智则："我不太记得了。"

检察官："你总是说'我不太记得了'，是在法庭上暂时想不起来的意思吗？"

智则："（吞吞吐吐地）是的。"

检察官："现在的取证中，你还是有些东西想不起来吗？"

智则："是的。"

检察官："那么，你能不能想起来自己是否说过'真奈就算死了也无所谓'这句话？"

智则："（吞吞吐吐地）我不太记得了。"

检察官："检察官在取证过程中，除了眼神，还有什么让你感到不舒服的吗？"

智则："我不太记得了。"

检察官："你希望取证尽快结束，除了被检察官的眼神影响外，还有其他原因吗？"

智则："我不太记得了。"

检察官："你有没有因为希望取证尽快结束，而在取证时说出和事实不符的话？"

智则："我不太记得了。"

"我不太记得了"——智则一直重复这句话，语速很快。看上去像是拒绝回答，但也有可能是想法还没理顺，听到问题后条件反射般说出来的。

除了被传唤为证人出庭，聪子没有在公开审判中露面，去见智则也是几个月一次。秀子除开出庭做证，还在第一次公开审判和判决当天去过法庭，一共去了三次。

智则和雅美的家人对他们生活上的帮助都很少。住在看守所的人，需要家人帮忙取走脏衣物换洗，公开审判时，得知两人换洗衣服很困难，CAPNA的电话咨询员尾形安由美主动接下了帮两人洗衣服的工作。尾形想增进自己对虐待的认识，所以一直旁听审判。她学习女性主义咨询，以心理咨询师的身份面向家庭暴力受害者提供咨询和帮助服务。雅美的衣物每隔一段时间就要清洗，智则会在换季的时候拜托她清洗。

接受志愿者工作后，尾形和两人见了面。雅美较早地向她敞开心扉，还在给她的信中写道："尾形更像我的妈妈。"尾形把自己的衣物和雅美的放在一起洗，她对雅美也渐渐亲近起来。

尾形于二〇〇二年一月二十五日和智则见面。

"起初在看守所的会见室见面时，智则的刘海垂在脸前，低着头不看我。我们聊到公开审判的话题，他说：'婚后，我不曾觉得雅美和我心意相通。'我就告诉他，这种话雅美听了会伤心的。他又订正道：'不是这样的。我的意思是，在案发的时候，我和她还没有心意相通。'于是我想：原来这个孩子在尝试准确地表达自己的想法，他不是不负责任的孩子。离开的时候，智则撩起刘海，毫不避讳地与我对视。我就想：啊，他接受我了。"

尾形是第一个意识到智则在试图面对自己情绪的人。

两人分别接受了三次质询，总共六次的质询结束后，给雅美取证的山本检察官提出证词，法庭针对这段证词，又向被告发起质询。之后在辩护方的要求下，两人接受了加藤幸雄的犯罪心理鉴定。加藤于六月出庭做证，对两人的性格给出描述。

加藤对智则的性格特征描述是：年幼时在基本层面缺乏被母亲接纳的体验，后来又承受了欺凌等心理负担，"未能完成恰当的社会性成长"。不擅长和母亲相处，遇到自己难以接受的事情时，下意识地选择逃避、回避。

对于雅美，从她的成长经历剖析，加藤认为她的内心汹涌着诸多情绪："自身无法消解、厌恶至极的痛苦，受害者心态，缺乏自信，有强烈的不安"。这些情绪缠绕在她心中，她又容易过度适应环境，努力的程度往往超越自身所能承受的极限。内心的矛盾和纠结不清、无法言说的情感在她心中逐渐膨胀。雅美本就有这样的性格特征，还和婆婆聪子不睦，无法正确地接受婆婆希望她对真奈做些什么的信号。加藤推论，雅美一定承受着巨大的不安和焦躁——"我都这样努力了，孩子为什么不愿和我亲近呢？"从而分析得出，雅美一方面知道自己必须照顾真奈，一方面又不想照顾她。这两种相互矛盾的情感在她心中对抗，导致她难以转圜。在分析两人性格特征的基础上，加藤表示，如果援助手段得当，情况或许不会变得如此糟糕。

智则和雅美读了加藤的鉴定书，两人第一次站在客观角度上看待自己和对方的性格。

七月一日，梅雨季的暑热尚未消散，两人接受了最后的质询。

先是智则站上证人台，主任律师石塚要求他陈述对审判的感受，他回答："真奈死了，这虽然不是一件好事，但对今后来说，我想是一次很好的学习，是一次很好的经历。"

作为令年幼的女儿惨死的父亲，智则的回答听进在场人的耳朵里，简直是麻木不仁。只不过在我看来，一向在回答问题时笨拙而含糊的智则，恐怕已经尽了最大努力去表达自己的感受了。

听了智则的话，律师追问："具体是指什么呢？"

智则："我了解了妻子的感受，也对自己多了一些了解。"

律师："在哪些方面呢？"

智则："我了解了案发时妻子有多么无助，也知道了自己那些漫不经心的话给她带来了多少伤害。"

律师："雅美当时希望得到你的帮助，这是你通过审判才了解到的是吗？"

智则："是的。"（略）

律师："你知道她当时为欠债所苦吗？"

智则："现在知道了。"

律师："当时不知道？"

智则："不知道。"

石塚还问了智则对真奈的想法。智则回答时声音很小，在旁听席上几乎听不清楚：

"我真的做了很对不起她的事，我把她变得很可怜。"

接着，智则以回答石塚提问的形式，平淡地讲出自己的愿望：想早日见到两个孩子，想和雅美一起生活，能够理解回归社会后一时间无法和孩子们一起生活的情况，和雅美、孩子一起生活后打算参与家务和育儿，在育儿方面遇到问题有决心和专家商量，等等。

检察官的反询问态度严厉。

检察官："你说这件事对你来说是很好的学习、很好的经历，你知道自己目前所处的立场吗？"

智则："知道。"

检察官："我们现在在追究你对真奈死亡一事的责任呢！"

智则："是的。"

检察官："对于你自己的责任，你认为这是一次'很好的学习'吗？"

智则："我是觉得比起往消极方向去想，不如积极一些。我希望多学一些，今后可以用得上。"

智则面不改色，而检察官加重了语气："对于骨瘦如柴的真奈，你是怎么想的？"

智则："我想我做了对不起她的事。"

检察官："你能说的就只有这些吗？"

智则垂下眼帘，没有说话。

整个审判过程中，雅美落泪的次数非常多。那天，她在智则之后站上证人台，高桥律师问她此时此刻的心情时，她哽咽着，极艰难地挤出了回答：

"后悔，不甘，悲伤，寂寞和愤怒。"

高桥请她展开叙述一下，她说，后悔和不甘的情绪不仅源于自己对真奈的所作所为，还包括自己在取证时听凭检察官的摆布。悲伤源于真奈的去世。寂寞源于无法和家人在一起。而愤怒则是对自己、对亲生母亲秀子、对智则的母亲聪子，以及对身边其他人的。"对周遭的愤怒"这一描述，她此前没对律师说过，这是第一次将它说出口。随后，高桥向她确认："你知道案件的中心在你和智则身上吧？"她回答："知道。"

雅美所说的"对周遭的愤怒"，大概是通过公开审判，意识到自己的家庭有接受援助的权利后，才产生的情绪吧。从她这句话中可以看出，雅美也开始坦率地表达自身的情绪了。

高桥又问她，通过审判自身有没有什么变化，雅美回答"思维方式"。具体而言，她说："学到了育儿的方法和应该以孩子为中心的思维方式，以前也曾这样做过，但做得还不够。"

那天，检察官执拗地追究雅美的责任。

检察官："你对（取证的）山本检察官，有不甘的情绪是吗？"

雅美："因为取证时我没能说出自己的感受。"

检察官："这难道不是你的问题吗？为什么要把责任归到山本检察官身上？只要你想说自己的感受，不是也能说出来吗？"

雅美："……（沉默）。"

检察官："你说真奈的死亡令你悲伤，案件刚刚发生的时候，你也觉得悲伤吗？"

雅美："案件刚发生的时候，我没有感到悲伤。"

检察官："即便真奈去世时，你也没有哭、没有流泪对吧？"

雅美："对。"

检察官："为什么事到如今，你又觉得悲伤了呢？是从什么时候开始感到悲伤的呢？"

雅美："被捕几天以后。"

检察官："有什么具体的契机使你感到这种情绪吗？"

雅美："没什么特别的契机。"

检察官："真奈死了，你认为自己有资格悲伤吗？"

雅美语气强硬地反驳道："有，我觉得有。"

检察官："难道不是因为你没做到你该做的事，真奈才死的吗？"

雅美："我已经尽我所能了。"（略）

检察官："你说对身边的人感到愤怒，这是什么意思呢？"

雅美："就是字面意思。"

检察官："除了你和被告智则，你认为还有谁该对真奈的死负责呢？"

雅美无声地哭了。

检察官："你和被告智则对身边的人撒谎了吧？"

雅美："是的。"

检察官："明明撒了谎，又为何感到愤怒呢？我不是很能理解，可以请你解释一下吗？"

雅美："我解释不了。"

雅美的语气强硬。

对雅美和智则来说，审判恐怕是他们有生以来第一次深刻地洞察自己的内心，思考并用语言向外界表达的过程。负责雅美的律师之一福谷朋子说，等待检方求刑的那段时间，雅美说过："这两年来，我对人生的思考比以往所有时候加在一起还要多。"

V 智则的信

七月二十四日，检方求刑十二年。称两人"至少存在间接故意杀人""显然是共谋杀害真奈的"。所谓的"间接"，即两人虽未主动杀人，但"明知对方可能会死，却认为死了也没办法"，从这一角度来看是存在杀意的。

检方引用最后的质询中雅美的供述，真奈死了，她"后悔，不甘，悲伤"，但"已经尽我所能了"，和智则的发言："真奈死了，这虽然不是一件好事，但对今后来说，我想是一次很好的学习，是一次很好的经历"，认为"无论如何也看不出两人态度端正地接受了真奈的死并深刻反省"。检方还认为，"这是犯罪历史上罕见的极为恶劣的重案"，断定两人的行为"比恶魔还可怕"，称两人在检方取证时的供述是真实的，在法庭上的说法是为了减刑而推脱。

检方的论述中没有提及虐待的成因对本案的影响。

"越是发育迟缓的孩子，越应该在养育过程中对其倾注更多的关爱"，两人却因为真奈没有长子的表情丰富，而"对她越发疏远"。这样一来，真奈不亲近父母是必然的结果，"显然无法因为这些就宽大处理两人的罪行"。检方认为两人产生杀意的时间是二〇〇〇年十一月下旬，他们"让真奈完全处在自己的掌控之下，彻底切断了外界挽救其生命的可能"。这指的是两边的父母询问他们真奈的情况时两人说谎，以及无视三岁儿童体检通知、无视后来甲方的保健师留下的便笺。"从这些事实可以看出，'两名被告需要周遭的妥善援助，却从未主动寻求这些援助，所以悲剧才会发生'。辩护方的主张明显偏离了主题。"

检方认为两人的父母"都期望真奈健康成长，却被被告蒙骗且无法见到真奈。在这样的情况下突然得知真奈惨死，必然十分悲伤"。

辩护团的最终辩护定在八月七日那天，那一天，盛夏的阳光炙烤着万物。辩护团从虐待的成因出发，分析成长经历对两人性格特征的影响，指出他们无法从被社会孤立的状态中脱身。

"拯救被虐待的孩子，少不了有温度的社会援助对孩子和其父母的帮助。（略）虐待的连锁反应源于现代社会的病灶：'整个社会的冷眼旁观'，检察官的做法正体现了这一病灶的具象。（略）被告被逼入绝境，没有得到妥当的、必不可少的社会援助——如果不将这一事实列为本案发生的根本原因，就无法真正做到事实认定的公平和公正，也无法追究被告的刑事责任，今后势必还会有和本案类似的惨绝人寰的不幸发生。"

辩护团主张被告的过失为监护人遗弃致死，应处以缓刑，并在缓刑期间接受保护观察。

雅美和智则分别在这天朗读了自己写的信。

雅美在信中提到了分娩后对真奈的疼爱和发现真奈发育迟缓后的不安，说自己曾希望让真奈在成人典礼时穿上自己当年没机会穿的长袖和服。她还说自己的做法很过分，责备自己当时没能再坚强些，希望尽快去真奈的墓前向她道歉，等等。

智则的信如下所述：

> 我知道，这次真的很对不起真奈，让她变得很可怜。真奈出生时我是那么爱她，最后却让她在饥饿这种难以想象的痛苦、悲伤和寂寞中死亡。即便我当时不想让她死，但若有旁观者认为是我杀了她，我也无话可说。我确实做了这样的事。
>
> 从自身角度来说，我和真奈住在同一个屋檐下，却失去了对她的爱、对她的关心，在她逐渐走向死亡时，从始至终也没有帮她，眼睁睁地看着她死去。导致这一情况发生的原因很复杂，有游戏、工作、真奈住院、大地出生等等，但归根结底还是我的看法、想法的问题。对于真奈，我确实没有做到一个父亲该做的事，我的做法很过分。
>
> 我想，案发时，妻子已经尽力做到她能做的全部了。

通过法庭审判，我还得知她那时独自承受了许多烦恼。如果我能更为妻子着想，多和她沟通，帮她做家务、照看孩子，或许事情的结果会和现在有所不同。可那时我没想到这些，只顾自己，几乎把一切事情都交给妻子、交给别人。最终，我还连累了大地和由美。

大地和由美现在和父母分开了，他们一定隐约感受到了父母不在身边的寂寞。我常常想，如果我当时再坚强些该多好——每次想到这里，我不仅觉得对不起因我而死的真奈，还对不起现在承受着寂寞的大地、由美，以及当时无助的妻子。我真的对不起他们。

我们对真奈的所作所为，需要承担沉重的责任。事情既然做了，承担责任就是理所应当。然而，无论承担多少责任，已经发生的事也无可挽回。

这次法院审判，让我从反省和后悔中学习、思考了许多。今后能和家人一起生活的时候，我会活用审判中学到的东西，和妻子互帮互助，绝不会再犯第二次错误。回归社会后，我要连同真奈的份，好好照顾大地和由美，让他们过上幸福的生活。我想，这或许能算作对真奈的一种补偿吧。

智则面对审判长，站着读信，不久就读到"让她在饥饿这种难以想象的痛苦、悲伤和寂寞中死亡"那一段，他的声音哽咽、中断，一度读不下去。谁都没有想到，往日在公开审判中淡定且面无表情的智则竟如此直白地展露了他的苦痛。

这封信是智则主动写的。在此之前，负责智则的五位律师一直认为他们和智则的沟通并不顺利。由于智则不善表达，以前他即使为自己犯下的错误致歉，声音也细若蚊呐，这对他来说已经极为困难了。就连他说自己主动写下了这封信，也让辩护团感到惊讶。

律师等相关人士认为，检方的求刑比他们预想得严格，法院几乎不可能给出释放的判决。即便如此，雅美给我的信中，对于获得假释、回归社会的渴望依然表露得明明白白。

她在信中写道，如果能离开看守所，她想让朋友教她化自然妆，化好妆去打工。

雅美说，她虽然喜欢时尚，常买衣服、烫发，却从不化妆，顶多是描个眉毛、涂个带颜色的唇膏而已。"妈妈不化妆，这对我影响很大……"她在信里也是这样写的。她平时一身"黑辣妹"的打扮，或许是害怕自己比母亲显得更成熟才这样做的吧。

信中反复提到她对智则的爱，和希望尽早和两个孩子见面的心情。但坦白说，我读后只觉得她还是一个憧憬浪漫恋情、渴望生小孩的少女。

雅美在最终陈述时读的信中，提到自己想去真奈的坟前祭拜。她在给我的信也提到了这一想法，想必一定程度上是她的真心话。但她的内心究竟有多少真实的痛苦？她是否真的意识到自己犯了重罪？我琢磨不透。

雅美每星期和智则通三封信。毫无疑问，两人如今的关系变得非常亲密。周遭的援助者不确定智则和雅美重聚后能否真正接受彼此，和孩子们一起组成家庭生活下去，于是一再告诉他们，出狱后不可能立刻和孩子一起生活。

我深知自己不过是个旁观者，但每次读雅美的信，我都会生出一种任性的愿望：希望雅美切实地体会内心深处的痛楚。因为审判暴露出的真奈凄惨的死状，已经深深地印在我的心底。

十月三十日，判决当天，名古屋地方法院第一法庭门口排起了长队。法院为此案发放了旁听券，社会对这起虐待案的关注可见一斑。

上午十点十分，开庭时间比预计晚了十分钟。审判长石山容示落座后，让被告起身，接受判决。

"分别判处两名被告七年有期徒刑。"

随后两人被要求落座，听取判决理由。智则和往常一样，身体僵硬地面对正前方，雅美不时用手中的手帕擦泪。

判决采纳了检方提出的公诉意见，认为本案适用于杀人罪。采纳的证据并非两人在法庭上的发言，而是检方取证时的笔录。法院认为，案发前的十一月二十三日，雅美给真奈洗澡时说的"孩子这样下去就糟了吧？"和智则说的"嗯"是成立的，两人在这一天产生了犯罪意图。二十八日雅美接智则下班时，两人在车里发生了"不过，她还挺能坚持的""是挺能坚持的"的对话后，形成了暗藏杀意的共谋杀人关系。以上是法院的判断。

判决书中说道："即使充分考虑到两名被告还年轻，人格尚未成熟，极度缺乏为人父母的自觉，其作案行径仍然是极残忍、极恶劣的。"

法院认同两人应该得到社会机构妥当的指导却未能得到，也认同两人因成长环境而形成的性格对犯罪产生了影响。但"距离孩子最近的父母至少要先基于亲情对孩子进行最低限度的抚育，再去追究有关机构能否履行其职责"。辩护方"正因为虐待孩子的父母无法对孩子倾注亲情，才需要相关机构介入"的意见未被采纳。

鉴于雅美受到智则对育儿漠不关心的影响，失去了育儿的意愿，而智则直到最后一刻都对工作很有热情，法院针对上述情况酌情减刑。

辩护方主张真奈死亡前"两人处于思考停止的状态"，但法官认为，两名被告不过是过着自己的日常生活，逃避现实，唯独不去面对受害人罢了。法院无法因此减免被告的罪责。

判决书呈现了趋向于严罚理念的刑事政策，兼顾了逐渐为人们所知的虐待成因，体现了法律的衡平原则。

辩护团称"会最大限度尊重两人的意见，考虑是否上诉"。

上诉会导致审判延长，如果仍旧败诉，两人与剩下两个孩子重新组成家庭的时间就会推迟。对于即将三岁半的长子大地来说，和父母分别七年后重新建立亲子关系是相当勉强的，两人若想尽早回归社会，也可以考虑接受判决。当然，如果上诉后能争取让法院改判罪名为监护人遗弃致死，减少刑期，亲子关系重建的准备工作也能相应提前。

两人选择上诉。雅美在信中如是说：

> 刑期可以接受，但对于杀意的判决我不认同。（略）如果不能给出我能接受的判决，我还是不能毫无挂碍地进监狱，也觉得对不起真奈……（略）一般人大概不会相信我的感受吧……即使我说自己没有杀意。（略）妈妈好像也不相信。
>
> 往后肯定会有一段艰难的、痛苦的时光，但我想和丈夫、律师一起努力。（略）

雅美的意思是，即使一般人无法相信她上诉的内容，也得不到母亲的理解，她仍然要告诉真奈："妈妈并不想杀害你。"

智则寄来了这样的一封信：

> 我们上诉的理由不是认为判决量刑不当，而是认为存在事实误解。我想，这一点您已经有所了解了。想想现在的两个孩子，我觉得七年确实太长了，但想想真奈的死，我说不清七年的刑期是多还是少。不过，我无法接受法院硬要说我们存在杀意。并且，即使法院不予认可，我也想让更多人理解我们犯案时的心情。另外，我还想通过审判，让更多人加深对虐待的认识和关心，哪怕只有一点儿也好。

我想，这样多少能对防止虐待做出一些贡献。总之我愿意通过上诉，努力争取比一审判决更公正的结果。

"对防止虐待做出一些贡献"，我将智则这句话告诉某位编辑时，对方脱口而出："这听上去无非是耍帅的社会言论罢了。"智则的话中真的有实质性的反省吗？我也回答不出这个问题。在人们的普遍认识里，因自己的责任让亲生骨肉死亡，面对这一严峻的现实，父母往往会陷入极度的绝望，几乎找不到活下去的力量。

智则曾在信中写道，他在看守所吃不下饭时，总是告诉自己：为了剩下的两个孩子也要好好活着，想要好好活着就必须吃饭。他选择再次面对法院的审判，难道不是为回到孩子们身边做准备，而是想进一步凝视自身吗？

VI 放弃二审上诉

在法院做出一审判决三个月前，名古屋市西区发生了一起案件：一位二十四岁的单身母亲忽视儿子，最终致使孩子在一岁一个月时饿死。母亲是夜店小姐，但在案发前约半个月被解雇了。虽然母亲对孩子的照料一直不够，但以前上班时会将孩子放在公司附属的保育所，那里有人为孩子换尿布、喂饭。被解雇后，母亲不得不独自照料孩子，但由于经济来源也被切断，日子过得很艰难。

母亲一边找新工作，一边准备和关系亲密的男人开始新生活。在此期间，孩子无人看管，吃不饱饭。

这名女子被起诉的罪名是监护人遗弃致死罪，而不是杀人罪。她自幼便遭遇残暴的虐待，被迫过着不安稳的生活。案发当时，公寓里摊满了垃圾，几乎无处下脚，散发着恶臭。这起案件和真奈的案件有着相似的背景。

CAPNA 的辩护团同样接下了这起案件的辩护工作，犯罪心理鉴定也由加藤幸雄来做。检方求刑三年，二〇〇三年六月四日，法院给出判决，判处被告有期徒刑三年，缓期五年执行，保护观察期五年。

在酌定情节方面，考虑到该女子受到成长经历的影响，缺乏育儿的基本知识和执行力，以及建立人际关系的能力，并且不具备足够的学习能力以掌握上述技能：她在审判中提到自己发现孩子瘦了，但没想到孩子可能会死。法院认可了她这部分供词，认为其符合加藤的鉴定中认知能力有偏差的描述。

法院采纳了辩护团的主张，参考虐待的成因对案件影响进行了判决。

这起案件和真奈的案件起诉的罪名和判决结果为何有如此大的差异呢？首先，真奈的案件发生在《儿童虐待防止法》刚刚投入实施、人们对虐待的关注度很高的时候，整个社会都呼吁严惩犯罪者。将亲生女儿放入纸箱的行为，吸引了无数人的眼球。其次，那名曾是夜店小姐的女子明显缺乏育儿能力，而雅美抚养大地的过程中对其呵护有加，说明有一定的育儿能力。虽然停止思考和认知偏差都影响了虐待的成因，案件给人的印象毕竟不同。

西区的这起案子发生九个多月后，这名女子进入保护观察期，回归了社会。无论是身边的律师等人和她的接触时间，还是她反省自身的时间都太短了。再加上该女子在人际交往方面也有问题，假若她今后再有了孩子，是否能将孩子平安养大呢？

有相关人士表达了隐忧。

面对无论如何都会产生虐待倾向的父母，究竟怎样处理问题是妥当的呢？即使"杀人罪"的罪名不合理，也很难说有关部门就应该尽早解除对雅美和智则的拘留。仅凭单纯的处罚，无法解决根本问题。如果他们还要养育其他孩子，那么治疗就是必不可少的——先不论是哪种形式的治疗。

二〇〇三年五月，名古屋当地的 CBC 电视台播放了一期电视节目，以真奈的案件为背景，介绍了案发后武丰町在育儿问题上做出的努力。

应节目制作人的要求，武丰町提供了雅美的手记。据雅美说，手记"将自己的回忆和至今为止发生的一切都写了下来"。

真奈出生时她的喜悦，因硬膜下出血住院时她的不安和无助，发现真奈发育迟缓时情绪的动荡，一岁半儿童体检时，发现真奈和其他孩子的差距时的心痛，检方取证时的不甘。这一切的一切，都比她在公开审判时提到的内容更为生动。

雅美写下了对真奈的歉意：

> 真奈让我意识到了很多，教会了我很多。真奈在痛苦中孤独地死去了，她承受了太多的情绪，成了牺牲品……我真想赶快去真奈的墓前看看她，对她说一句："对不起，谢谢你。"现在我的屋里摆着真奈、长子和次女三个孩子的照片……直到最近我终于发现……真奈永远不会再长大

了……于是我又哭了。两个等我的孩子还在一天天长大，他们的照片时常替换……可真奈却永远是老样子……但是在我心里，真奈还在健康地长大，她还活着。（略）现在我每天都对着真奈的照片祈祷，在心里和她说话："要一直守护着妈妈哦，要等着妈妈哦。"

从下面这段话可以看出，雅美还试图客观地看待自己性格中对人强烈的不信任感。

像我这样的人，很容易自责，总是出了一点小问题就感觉自己受了很大伤害。……我不太喜欢自己。（略）可能和成长环境有关，我很容易怀疑别人……会想"这个人真的可以相信吗"之类的……这样说有些对不起和我接触的人，但我并不信任他们任何一个人，也无法完全接受他们。

雅美的父亲沉溺于打小钢珠，甚至让年幼的雅美和哥哥填不饱肚子，可雅美绝不说他的坏话。

小学和初中，我一直过着艰难的生活，但父亲挣钱养家，一个人守护着我和哥哥。

雅美在信中这样写道。她还提到，母亲把自己扔下不管，还经常说谎、背叛自己，可她自己也说不清楚为什么喜欢母亲。

看来，要雅美完全接受现实，还需要一段时间。

节目播出后，制作人给雅美去信，告诉她正在育儿的观众看到节目后的反应。"（我发现，我不必独自去面对育儿的烦恼）轻松了许多。""我想鼓起勇气，找个人商量一下。"育儿的痛苦引起了观众的共鸣，这让雅美感到很高兴。

二○○三年七月十四日，二审改在名古屋高等法院进行。辩护方读了上诉状，八月十八日进行被告质询。

智则站在法庭上回答问题时的冷静态度令人吃惊。

一审的被告质询中，智则被指出情感上存在矛盾的时候，做出的供述含糊混乱。但这一次，看得出他试图心平气和地逐一面对法庭的提问。他和石塚律师有如下的对话。

律师："一审判决中，法院认为平成十二年（二○○○年）十一月二十三日，看到瘦弱的真奈，雅美说：'孩子这样下去就糟了吧？'，你回答：'嗯。'当时到底是怎样的状况呢？"

智则："当时我应该在玩游戏，所以记不太清楚了。"（略）

律师："你的意思是说，你连我刚才描述的你和雅美的对话是否存在，都不记得了吗？"

智则："雅美确实对我说了些什么，但我不记得她到底有没有说过'糟了'这个词。"

律师："取证笔录上写到了这部分内容，你知道吧？"

智则："知道。"

律师："关于笔录最终呈现的状态，现在你是怎么想的？"

智则："那天我看到真奈瘦了许多，而最终真奈饿死了。而且，妻子平时遇到事情总爱说'糟了'这个词，所以做笔录的时候我觉得，她可能确实说过'糟了'。"

律师："你的意思是说，你做笔录时陈述的不是回忆，而是你的推断？"

智则："对。"

律师："雅美平时，（略）经常说'糟了'吗？"

智则："她遇到事情的时候，一般都会用'糟了'来形容。"

律师："比如什么时候会用这个词呢？"

智则："体重增加的时候、没钱的时候，她都会这样说。"

智则回答问题时话多了起来，变得详细而有逻辑。下面依旧是他和律师的对话。

律师："真奈去世的两三个星期前，大概十一月二十三日前后，你有没有想过，如果再不给她吃东西，或者不带她去看医生，她可能会死？"

智则："没有想过。"

律师："你只是看到她很消瘦对吧？（略）也就是说，你没有想过她可能会死？"

智则："是的。她虽然消瘦，但还活着，我（略）就没想到她可能会日益消瘦直至死亡。"

律师："一审判决应该是认为你知道如果放任她消瘦下去，她就会死。但事到如今，你还是无法接受法院这一判断是吗？"

智则："是的。"

律师："但你的笔录上写着你知道她会死。你觉得为什么会做出这样的笔录？"

智则："取证开始的时候，检察官问我：孩子都瘦成那样了，不是明摆着会死吗？假如她的死活对你来说不是无所谓，你为什么没有帮她？那时候案件刚刚发生，我还没整理好自己的情绪，觉得自己可能真的是那么想的，就承认了。"

律师："虽然你没想过真奈会死，却还是得到了意思相反的笔录。即使如此，你仍然没要求订正，也是出于上述原因吗？"

智则："是的。并且我觉得真奈的死自己是有责任的，所以没有要求订正。"

律师："虽然你没想过真奈会死，但她最终死了。对于这个结果，你认为自己是有责任的。是这个意思吗？"

智则："是的。"

智则一口咬定，二〇〇〇年十一月二十八日自己在车里和雅美聊天时，两人之间没有"不过，她还挺能坚持的""是挺能坚持的"的对话。这段对话在一审中，被列为两人存在共谋关系的根据。

律师询问智则偿还一定罪责后回归社会有什么打算，他说想先和母亲聪子同住一段时间。一审判决后，聪子有时会去看望智则，或和他通信。聪子也给雅美写了信，两人也见过一次面。

智则说，出狱后想用一两个月时间找工作，半年后离开聪子家和雅美一起生活，再过大约半年把两个孩子接回家。他说，这样安排是打算在接孩子们回家前先在经济上稳定下来，还想加深和雅美的关系。

他明确说出了自己对真奈的看法：

"对真奈，我实在没做到一个像样的父亲该做的事，没给她留下任何快乐的回忆。我就这样让她死去了，真的非常对不起她。"

面对检方的质询，智则也没有动摇。对于接受取证和一年后公开审判中的供述存在差异一事，双方有如下的对话：

检察官："你被捕后接受取证的时间是平成十二年十二月，接受一审审判的时间是平成十三年十二月之后。哪一次你对案件记得更清楚？"

智则："案发一年后的记忆更清楚……相对而言，平成十三年的时候，我对案件的相关情况梳理得更清楚。"

检察官："一般来说，案件刚发生的时候人的记忆是最清晰的。这起案件所对应的时间，是平成十二年十二月十日真奈去世后你刚刚被捕的时候。难道不是这样吗？"

智则："刚被捕的时候，我还没有整理好自己的情绪面对真奈的死。单独说'记忆'可能不太准确，但我还是觉得，自己到了平成十三年才把一切梳理清晰。"

智则在二审中的冷静，一度引起了辩护团、志愿者等相关人士以及旁听者的议论。我写信问智则为何能在审判中如此冷静，他是这样回答我的：

"被捕后，尤其是被送到看守所后，我思考了许多，人活在世上是怎么一回事，所谓的死亡又是怎么一回事，以及活着的人能为死去的人做些什么，人为何存在于世上，幸福是什么，我是谁，等等。我还读了许多领域的书：有宗教（特别是佛教）相关的书，还有推理、悬疑小说、科幻小说、奇幻小说、历史小说、武侠小说，等等。当然，那些问题的答案不是那么轻易就能找到的，现在我还在不断地思索。不过，我慢慢明白，每个人的角度不同，对同一事物的看法也会不同，就算觉得自己是正确的，也不能把自己的想法单方面地强加到别人（比如妻子等）身上。"

雅美在被告质询时提到，回归社会后打算暂时到妇女收容所住一段时间，希望得到经济上、精神上的独立——因为我不想依靠家人，她说。雅美了解到，根据《卖春防止法》，自己回归社会后可以选择入住帮助单身女性独立的妇女收容所。这是帮她洗衣服的尾形告诉她的。案发后，刚被转移到看守所时，雅美常用一些不够现实的词语在本子上记录自己和智则、孩子们的生活，像是还不愿从梦中醒来似的。而这次她提出想要一个人生活，让人们有了耳目一新的感受。她在给我的信中提到关于去妇女收容所的事：

　　这一方面是为了独立，（略）另一方面也是想和各种人交流。用我自己的话来说，有点儿像是"自我锻炼"。

二审判决前，雅美、智则和相关人士都得知四个月前西区那起和真奈类似的案件宣判了，被告被定罪为监护人遗弃致死，被判处有期徒刑三年，缓期五年执行。大家都抱着一丝希望，以为二审或许可以减刑。

然而，十月十五日，名古屋高等法院的审判长川原诚驳回了上诉。

辩护团劝说雅美和智则，为了尽早和孩子们团聚，最好还是服从判决。可两人依然选择上诉到最高法院。

二〇〇四年四月一日，两人在看守所接到最高法院驳回上诉的通知，刑期就此确定下来。

两人分别写下了自己的心境。智则写道：

> 从今往后为了孩子们也只有好好改造，争取早日出狱。

雅美写道：

> 我会努力争取早日出狱的。（略）虽然很害怕、很担心……但这些话说得再多也于事无补，只有努力改造。必须尽快出去，开始偿还对真奈犯的错……（略）我觉得，我们回归社会之后，才是偿还罪责的开始。

直到今天，两人和各自父母的关系还在动荡之中。雅美的母亲秀子有很长一段时间没去看望雅美，最近重新开始了探望，但母女关系并不稳定。雅美的父亲不去探望女儿，但每个月会给雅美寄钱。人们一度以为智则的母亲聪子要和他达成和解，聪子却主动疏远了关系，不过会持续给智则寄钱。如何面对父母，对两人来说仍是尚未解决的问题。

两个幼小的孩子住在爱知县内的福利院。如今，案发时一岁半的长子已经超过了真奈去世时的年龄，在看守所时出生的次女也已超过了案发时长子的年龄。

七年的有期徒刑会扣除两人未确定刑期时在看守所内度过的六百六十天。几年后，雅美和智则能否回归社会，重新和两个孩子一起组成家庭，开启生活的新篇章？这就要看两人今后的改造情况和援助者们的力量了。

第六章

重逢

二〇〇七年五月，时隔三年，我再次造访真奈去世前居住的公司宿舍。天空碧蓝如洗，爽朗的微风吹拂。好像赶上了宿舍附近保育园的闭园时间，一大批孩子和他们的母亲从保育园的门口走出来。母亲们无忧无虑地站着聊天，孩子们在大人的身旁玩耍。想来，雅美之前未能走入这些母亲的圈子。

真奈如果活着，如今该是一名小学四年级的学生了。可在我心里，她永远是个三岁的小女孩。

我来到巨大的社区群，看了看雅美一家曾居住的 E 栋的信箱。也许印证了经济回暖的趋势，楼里的居民好像比六年半前更多了。我走上公寓四层，站在曾经的雅美家门前。这间屋子好像一直空着，门牌上还留有"MURATA（村田）"的字样，看笔迹应该是雅美写的。摆在屋门前的布偶、装着饮料的塑料瓶和点心上积了一层灰，显示案件发生已经过了很久了。

真奈的死是否对虐待防止工作产生了影响？如今的儿童虐待呈现怎样的状态？

"武丰那起案件发生时，我在县属的儿童家庭课负责处理虐待问题。没记错的话，案件是在县议会召开时发生的。我们花了两星期的时间做调研，和课长一起去当时的厚生省做报告。那是《儿童虐待防止法》推行后的第一起死亡案件，大家在会议室里闭门不出，用了将近四个小时，把情况彻底分析了一遍。"

说话人是知多儿童咨询中心（原半田儿童咨询所）的负责人山田光治。

"案发后，爱知县儿童咨询所（二〇〇二年起改为儿童咨询中心）应对虐待的方式有了很大改观，从此前的协调式——接受有困难的民众的主动咨询，变为介入式——以挽救孩子性命为优先。必要情况下，儿童咨询所不惜和监护人对峙，分离孩子和监护人。"

真奈的案件发生后，媒体就儿童咨询所了解雅美母女的情况却没能拯救真奈的生命一事展开了激烈的批判。

案发后，爱知县所属的儿童咨询所立即摸排出监护人和孩子还在家中居住的虐待案例，落实了每起案例的负责机关和具体的负责人。没有对案例全面负责、把握整体状况的具体责任人，是真奈案件发生的原因之一。

各机关之间没有做到信息同步，没能联合运作也是反省的重点。案发后，县属机关半田儿童咨询所、半田保健所和武丰町的保健中心管辖的健康课、保育园、学校、民生课、育儿支援中心等机构立刻开启了定期交换信息的模式。以前应对虐待的网络协作主要由儿童咨询所主导推进，此后的网络协作中，任何察觉到风险的参与者都能自由发声。

第二年，也就是二〇〇一年开始，以"风险儿童、家庭支援小组会议"为名的同类网络协作会议在爱知县全县展开。二〇〇二年十二月，爱知县和非政府组织"防止儿童虐待网络协作·爱知（CAPNA）"签订协议，规定民间团体CAPNA今后可在遵守保密义务的前提下参加网络协作会议。这份协议打破了政府机关和民众之间的藩篱，使自由的信息交换成为可能。协议签订的导火索是二〇〇一年三月小牧市的一起罪案：一名两岁女孩的尸体在冷藏箱中被发现，女孩已经死亡八个多月。案件发生前，CAPNA的成员之一在小牧市任民生委员，该成员了解到案发家庭的情况后，曾呼吁建立网络协作会议，但儿童咨询所以民间团体成员无须遵守保密义务为由，没有响应。

二〇〇四年，随着《儿童福利法》的调整，参考爱知县网络协作的推动进程，全国各市町村＊得以设立受法律保护的网络协作组织——针对需监护儿童的区域理事会。理事会由三部分构成：约一年召开一次的相关机构代表会议，以综合掌握情况为目的，定期举办的实操人员会议，以及有必要情况时个案负

＊　市町村：市、町、村等"基础自治体"的总称，是日本最底层的地方行政单位。

责人磋商的案例研讨会。参会者即使是民间人士，也需遵守保密义务。理事会的成立使防止虐待的网络协作组织在全国范围内受到法律的保护。

因相关人士缺乏足够的知识储备导致没人能断定真奈在承受虐待，这也是案件发生的重要原因之一。案发当时，真奈身边没有防止虐待的专家。

目前，爱知县的中央儿童中心配备了具备专业知识的执业精神科医生，医生需走访县内的所有儿童咨询中心，为工作人员和个案中的父母及孩子沟通提供建议。中央儿童中心还配有能针对虐待验伤的法医，建立了能对虐待做出专业判断的响应机制。例如，法医可以从专业角度判断孩子身上的瘢痕究竟是父母所说的湿疹，还是暴力导致的创伤。这将为儿童咨询中心判断孩子所处的环境是否安全，以及和父母交涉提供依据。

二〇〇三年，爱知县委托 CAPNA 辩护团，为所有的儿童咨询中心配备了应对虐待案件的律师。当儿童咨询所与孩子的父母对峙时，能在律师的协助下妥善使用法律强制措施，如临时监护孩子或将孩子转入福利院、暂停父母的监护权等。CAPNA辩护团和名古屋市也签订了同样的协议。

二〇〇二年，爱知县对儿童咨询所进行机构整改，将其改名为咨询中心。原本是行政岗位的所长，从此改为福利方面的执业岗。据悉，全国只有爱知县和大阪府的儿童咨询所所长是执业岗。不同地区对虐待的应对方式有很大差别，爱知县的儿童咨询中心还配备了数位监察人，建立起接受儿童福利士咨询的机制。案发时，儿童福利士多为辅助岗，案发后改为执业岗。新招募的福利士多持有社会福利资格证。而且，全县的儿童福利士逐渐增加，截止到二〇〇七年，儿童福利士的人数已是案发时的一倍。接到举报后，一定会有几位员工赶到现场，不会由一位负责人包揽一切。需要将孩子带离父母身边临时监护时，会有六七名员工介入。

以真奈的案件为契机，研修机制也重新得到重视。爱知县成立了县级员工研修委员会，制订年度研修计划。前文中的山田告诉我：

"从事务方面也逐渐意识到，要对不配合工作的父母进行干预，传达我方的态度，提高员工的资质是很有必要的。"

小牧市那起案件发生后，爱知县有三年半没发生儿童因虐待致死的案例。然而，二〇〇五年十二月尾张旭市有一名五岁男孩死亡。儿童咨询中心在案发前已经以虐待为由监护了男孩的姐姐，并对其母亲进行监督和帮助，却还是没能阻止悲剧的发生。有了这起案件的教训，研修机制得到进一步强化。儿童咨询中心引入了计算机系统，负责的儿童福利士和监察人可以随时共享信息。

"我们不希望真奈和其他的孩子白白牺牲。孩子的死亡，击中了当下制度、系统的软肋。重要的是我们应当从中吸取怎样的教训。"（山田）

然而，即便定下了不再让任何孩子牺牲的目标，仍然有一大堆问题需要解决。

"介入式应对以确保孩子的安全为重中之重，对父母的要求十分严格。我们很难做到一方面倾听父母的心声，一方面花时间解决个案。站在父母的对立面时，如何柔和地化解父母的攻击是一门专业的技术。例如，临时监护从另一个角度上来说也算是对父母的帮助，但在父母看来，几乎和绑架了他们的孩子没什么区别。真正的艰难从监护之后才刚刚开始。父母会怒吼着闯进来，拍员工的桌子。假如父母跑去孩子的学校，我们也必须跟过去向父母说明情况。说白了，我们要么得忍受和监护人对峙的辛苦，要么就得忍受孩子死亡后媒体的责难。"

山田说，每年都有员工不堪虐待个案中父母的恐吓或暴力，被逼得走投无路。有的员工心有余而力不足，只好调职。虽然每年都在扩员，却很少能招到经验丰富的员工。儿童咨询中心也没有多余的精力培养新人。

"儿童咨询中心很难在监护孩子后再去关照他们的父母。拯救孩子和为监护人提供指导两者之间本就存在矛盾，要求一个机构去解决这个矛盾，我们感到自身的能力有限。"（山田）

此外，儿童咨询中心的临时监护所总是人满为患，有时想监护孩子却没有足够的地方收留他们。如果监护所没有空位，员工就会在必要的监护工作上产生犹豫。福利院、婴儿院里也住满了那些不能回到父母身边的孩子们。二〇〇五年，爱知县新开设了两家婴儿院，但仅仅两星期就住满了婴儿。

"光是建福利院，相当于治标不治本。可我们又不能把孩子送回连是否会发生暴力都无法保证的家。指导父母改善亲子关系原本也是儿童咨询中心的工作，但目前整个体系尚未完善，我们还不知道该如何应对。倒不是说父母和孩子必须住在一个屋檐下，但如何给孩子们打造一个安全、稳定的生活空间，是一个重要的课题。"

案发后，法律制度上的一大变化是二〇〇五年四月起，《儿童虐待防止法》和《儿童福利法》均有了新的调整，市町村成了举报儿童虐待的第一窗口。接到举报后，市町村的相关部署人员首先确认儿童的人身安全，随后联系儿童咨询所，接手情况严重的个案。除此以外，也有民众直接向儿童咨询所发起举报的情况。

制度的调整方便了当地居民发起举报。学校、保育园、幼儿园、医疗机关等机构可以在日常生活中确认孩子的安全并采取措施。另外，市町村虽然没有义务，却可以成立需监护儿童对策理事会。理事会成立后，儿童咨询所和市町村的实操人员就可以定期交换信息。

雅美一家之前生活的武丰町的虐待问题目前由儿童课负责。如前所述，案发后，儿童课和儿童咨询所开始密切联系，司法改革后，二〇〇六年四月在知多地区五市五町*范围内率先设立了儿童对策区域理事会。

---

* 五市五町："五市"指半田市、常滑市、东海市、大府市、知多市，"五町"指阿久比町、东浦町、南知多町、美浜町、武丰町。

儿童对策区域理事会就虐待个案每月召开一次实操人员会议。二〇〇七年三月末，笔者写作本书时，该区域人口约为四万两千人，会议涉及二十一户虐待家庭，共四十三人。每次开会，学校老师、保育园的保育士、保健中心的保健师等接触孩子及其家庭生活的人都要作报告。也就是说，实操人员至少每个月会和有必要持续关注的家庭发生某种接触。知多儿童咨询中心的员工也必须出席会议，和其他参会者共享信息。

武丰町还积极举办防止虐待的活动。

相关人员会在将母子手账交给即将成为母亲的居民的阶段，就挑出年轻产妇等值得关注的个例，以便孩子出生后进行家访等。保健师会在每一个办出生登记的婴儿出生两三个月时去家中拜访，和父母探讨育儿方面的问题。这次拜访不会提前和父母打招呼，这样可以掌握新手父母的日常育儿状况。

孩子一岁六个月和三岁的固定体检时，保健中心会将候诊室打造成方便父母陪孩子玩耍的空间，保育士、心理咨询员等不动声色地从多个视角观察父母和孩子相处的状态。发现可能存在问题的亲子关系，就在当天的协商会和第二天早上的保健师会上探讨。认为有必要以电话或家访形式沟通的，就确定具体日期，然后落实。

案发时保健中心有四名保健师，现在增加到六名。保健师们接受虐待方面培训的机会也比以前多了。

育儿支援中心自案发前就已存在，中心花费巨大的心血，为即将进入保育园的家庭营造出易于造访的氛围，每年共计有一万个家庭带孩子来中心玩。如果家长有需要，可以当场向专家咨询育儿问题。

町立保育园补足了针对残障儿童的保育工作，方便那些孩子患自闭症等容易存在育儿困难的父母接受援助。

相关部门对父母和孩子在各类情况下的状态观察更为细致，连同志愿者在内，大家对可能存在问题的家庭给予了更多的关注。有必要的情况下，会向需监护儿童对策理事会通报情况，使所有相关机构共享信息。

在真奈的案件中，没能和身边的相关人士说出自身不安和想法的保健师本田已经离职。不过，采访那天，我又遇到了本田当时的领导松村广子。松村离开了保健中心，作为部署解决虐待问题的儿童课所属的保健师，定期拜访遭受忽视的儿童的家庭。"和那时相比，最大的变化是建立了发生意外后能立即集众人之力应对的机制。"松村如是说。真奈的案件后，武丰町没有发生过严重的虐待案。

真奈死后，伴随着司法改革，各个区域自治体做了脚踏实地的努力，媒体的报道有所增加，全社会对虐待的认知程度也必然上了一个台阶。二〇〇八年春天起，儿童咨询所的权力进一步加大，修改后的《儿童虐待防止法》也在推行。然而，因虐待而死的儿童数量却并未减少。接到的虐待举报还一直在上升。

厚生劳动省公布的数据显示，二〇〇五年有五十六名儿童死于虐待，平均一星期有超过一人死亡。并且这还是经过严格筛查后得出的数字，专家认为，那些被认为"正常死亡""猝死""病死"的儿童之中，也有人死于虐待。更何况，还有些新生儿因各种原因未能列入统计数据。若将上述情况纳入考量，该年度死于虐待的儿童数量可能跃升至二百人左右。另有三十名儿童以家庭集体轻生的形式被父母杀害。

二〇〇六年，全国的儿童咨询所接待的儿童虐待咨询达到三万七千三百四十三件，比二〇〇〇年真奈去世当年的一万七千七百二十五件增加了一倍多，比二〇〇五年增加了将近两千九百件。二〇〇五年，全国的市町村接待了三万八千一百八十三件儿童虐待咨询，其中包括上一年就发生的案例和市町村接待后转至儿童咨询所的案例，所以无法合并统计，但可以推算，这一年全国的政府机构接到的虐待咨询至少也超过了五万件。然而，东京的社会福利法人儿童虐待防止中心（CCAP）理事长、在东京江东区工作的儿童精神科医生坂井圣二称，政府机关统计的虐待案数量不过是冰山一角。

"如果在一家保育园或学校发现了虐待案，几乎可以说，百分之百会听相关人士提到'以前也发生过类似的事'或'以前发生过同样的事'。我觉得，我们目击的虐待案只是真实发生的一小部分。"

一般来说，虐待可分为身体虐待、精神虐待、忽视和性虐待。但坂井说，"忽视是虐待的基本形态"这一观点正逐渐得到学界的认可。

"吃穿居住、医疗、教育、情绪、安全等生存最低需求无法被满足的环境通常被视为虐待环境，将孩子置于这样的环境中，则被视为忽视。"

二〇〇五年的司法改革将举报儿童虐待的第一窗口调整为市町村，保健师、保育士、老师等和儿童实际接触的人开始从虐待的角度观察儿童。坂井说，大家会观察孩子的身高、体重、清洁程度、发育状况、表情、生活习惯、言行举止，发现可能被父母疏于照顾的个案。

"有些父母不在意孩子的养育和安全，也没有罪恶感，表现得满不在乎。他们不把育儿排在生活中的重要位置，缺乏和孩子的情感连接。和孩子相比，他们往往更在意自己的另一半。好像越来越多的父母变得贪图省事和享乐，育儿时遇到一点儿困难，他们就把孩子放着好几天不管，不给孩子吃饭、洗澡，自己却精心打扮后出门玩乐、吃好吃的。这样的案例在这段时间迅速增多。每个月的生活保障津贴一到账，这些父母就心血来潮地带孩子去家庭餐厅或给孩子买衣服，孩子当时倒是非常开心。但从第二天开始，日子要怎么过呢？

"忽视不是经济困难引起的，穷人有穷人疼孩子的方式。保育园、学校等和孩子们打交道的现场大概最能感受到社会整体的变化。"

听说那些得不到父母保护、被父母随意对待的孩子，在身心发育和性格形成方面比单纯挨打受到的刺激更大。

一些身处援助父母第一线的人也经常和我说同样的话。

CAPNA 的电话咨询员、在公开审判期间帮雅美和智则洗衣服的尾形安由美自二○○六年起在名古屋的某个市区任女性福利咨询员，平时要处理片区接到的虐待举报，有机会倾听母亲们的心声。

"我们曾经接到举报，称夜晚有孩子在便利店闲逛，于是将孩子监护起来。结果孩子的母亲告诉我，她晚上做酒水生意，白天和孩子一起睡觉。她认为现在这样好过让自己和孩子的作息颠倒。还有一位女性来咨询家庭暴力的问题，我询问她的生活状况，得知她晚上把孩子独自留在家里出去工作。这些女性并不认为自己做了错事。"

尾形认为，虐待个案中的不少女性并不向往组成家庭。

"雅美那时候拍下孩子和智则的照片，想尽办法维系家庭的温暖。六年过去了，我接待的人之中，似乎越来越多的人并不想成家。"

坂井也说，在家庭中虐待儿童的人，往往是社会上最弱势的群体。

"原本一个家是由经济力量以及亲戚之间的相互帮助、集体智慧和人际交流能力等各类因素支撑的。但这些因素缺失后，家庭崩毁，继而产生了虐待。抚养孩子是家庭最复杂的一项职能。因此虐待就会凸显出来。"

难道说真奈的案件后，社会结构在进一步瓦解吗？

雅美和智则留下的两个孩子——现在读小学二年级的大地

和即将六岁的由美，在知多儿童咨询中心管理的一座儿童福利院健康地生活。中心负责人告诉我，大地长成了一个开朗、黏人的孩子，由美很依赖辅导员，身体健康，笑容可爱。两个孩子对他们的父母一无所知，似乎也不曾问过福利院的工作人员，自己为何会在这里生活。

智则的母亲，也就是孩子们的祖母聪子经常来看两个孩子。二〇〇六年四月，聪子还参加了大地的小学入学典礼。听说聪子曾不经院方允许，擅自将两个孩子带回家，和他们讲过他们的父母。事到如今，聪子仍然无法相信并配合政府机关抚养小孩。

院方的记录显示，孩子们的外祖母秀子自二〇〇三年十二月后就没再去看过他们。二〇〇七年五月，本书文库版出版之际，我写信给秀子，希望她接受采访。秀子立刻通过手机回了消息，说自己为了生计必须工作，无法和我见面。"现在我不去看雅美了……当然，也没有去看两个小孩……（略）我要怎么去见她呢？我的孩子杀了人……而且杀的还是她的亲骨肉。"秀子还列出雅美、智则、真奈、大地、由美的名字，写道："我爱过他们每一个人……真的很爱……"

秀子仍然无法面对这起案件。

过不了多久，雅美和智则就将结束刑期，回归社会。两人会一起重拾生活吗？他们将和孩子建立怎样的联系？雅美和智则的母亲将如何面对两个人的选择？一切都是未知。

知多儿童咨询中心的中心长山田提到两人和孩子重建关系时这样说：

"大体上和其他被监护的孩子回到父母身边差不多。先要询问孩子的意见。在此基础上，如果父母想让孩子回到自己身边，必须慎重考虑如何保证孩子的安全，以及父母是否具备抚养孩子的能力。

"孩子在大人面前能多忠实地表达自身的情绪，是他能否和大人亲近的关键。刚开始父母要在远处观察孩子们的一举一动，然后和孩子进行短时间接触，一起外出，再然后让孩子在家里住一晚、两晚、一星期……逐步加深和孩子的关系。

"夫妻俩如果没有外界支持，要把两个孩子养大大概是很困难的。一家人能否在一起生活，还要看哪种援助形式适合他们。"

山田说，其实父母不把孩子带在自己身边，也是不错的选择。

"父母也可以考虑让孩子在福利院生活，常去看望他们，为他们的升学、就业提供建议，或者在经济上支持他们。"

审判时担任律师的多田元和高桥直绍，也会参与雅美和智则一家未来的重建。儿童咨询中心和CAPNA辩护团的友好关系在其中发挥着作用。

雅美和智则回归社会时，精神健康能恢复到什么程度呢?

多田说:"让他们改变对事物的看法、价值观和生活方式是很困难的。照现在这样下去，他们只不过是在适应监狱生活。监狱里没有专业的医疗队伍医治犯人在虐待中留下的心灵创伤。"

截止到不久以前，多田和高桥一直在帮助爱知县藤冈町发生的一起虐待致死案的家庭进行重建。这起案件发生在真奈出事的大概五十天前，或许可以作为雅美他们重建家庭时的参考。

案件经过如下：二〇〇〇年十月，一名被诊断为"行为障碍"的小学五年级男生赤身裸体地被人用胶带捆绑在阳台，因无人看顾而死。孩子的父母被捕，父亲被暂缓起诉并释放，母亲被起诉。多田和高桥是母亲的辩护团成员。母亲于二〇〇三年一月因伤害致死罪被判两年半的有期徒刑，不久就获假释出狱。案发时，除了死去的长子，这对夫妇还有两个女儿，分别上小学四年级和幼儿园。两个孩子被寄养在福利院。

辩护团从母亲出狱前就召集相关人士，召开网络协作会议，商量今后该如何帮助这家人。参会成员除了律师，还有孩子所在的福利院员工、儿童咨询所的负责人、保护观察官、孩子原来所在学校的老师、福利院内学校的老师、孩子们重返家庭后计划就读的学校的老师。

多田说："保护观察所的保护观察官参与会议，在日本的历史上，可谓史无前例了吧。出狱前到刚出狱的那段时间，保护观察官频繁参会，随后视情况逐渐降低了参会频率。孩子们离开福利院后，有一段时间情绪不太稳定，但后来她们和父亲一起生活，升上了高中。五年后，孩子们的状态也稳定下来了，网络协作会议就在最近刚刚宣告解散。这个案例中，网络协作会议发挥了相当积极的作用。"

然而，母亲最终也未和一家人重聚。

案发时，母亲和许多走投无路犯下虐待案的人一样，自尊心极低，情感也有很大缺失。儿子因她而死，据说她至今仍然避免谈论一切有关儿子的话题。

"母亲只要重视自己的生活就好了。相应地，我们会叮嘱她不要过分干涉孩子们的生活。母亲和孩子们目前保持着一定距离，正逐渐增进对彼此的了解。"（多田）

"我们认为，这是适合那个家庭的重建方式。"（高桥）

多田说，网络协作会议之所以长期存续，是因为孩子们需要它。

"我们就是那惹人嫌的黏合剂。一旦会上讨论出'孩子们在这方面应该还需要帮助'，参会人就不能说'别再继续（开会）了吧'。"

这个家庭和雅美、智则一家的不同在于，父母和孩子分别时孩子的年龄和分离的时长。对小孩子来说，和父母分开的时间恐怕无比漫长。高桥受访时没有掩饰对雅美夫妻和孩子重逢的担忧。

"雅美他们真要和孩子们坦诚以待，恐怕需要花费大量时间。即使如此也不一定真能达到理想状态。不少和虐待相关的案件都是这样，孩子由其他人抚养成人或许幸福得多。明知如此，孩子的父亲、母亲还是希望抚养他们。我们还是想帮助这样的家庭。说到重建家庭，人们往往以为父母和孩子很快会住在一起。其实并不是这样。双方都要先独立起来，逐渐认可彼此，慢慢往下推进。因为家人之间是需要相互支持的。"

希望雅美和智则回归社会后，无论发生什么困难，都有优先孩子需求的网络协作会议可以依靠，并随着时间的推进，逐步让孩子们的住处、亲子关系以及夫妻关系等稳定下来。

后记

　　儿子出生后，我开始做有关育儿和亲子关系的采访。我的儿子比真奈大一岁半。育儿曾被视作女性的幸福，但后来，这一社会意识发生了转变。更多人认为育儿是一个辛苦的过程，是对母亲的一种逼迫。我的采访在这一转变发生后不久展开，作为一个母亲，我想知道自己该怎样抚养我的儿子。

　　我以为育儿不安所苦的母亲、父母杀害孩子等为主题，写了几篇文章发表在杂志上，也听了许多母亲和父亲讲述他们的故事。就在这时，我撞上了真奈的案子。案发大约一个月后，我接受 NHK 教育频道的委托，以记者兼报道员的身份，去查证为何政府机关关注到了这个家庭，却没能救助他们。

　　从我开始查证到本书付梓，历时三年半之久。其间，案件中的每一个细节和我自身在育儿过程中看到的许多身边的事以及我的情绪变化相互交叠。在日常生活和案件查证中穿梭，有利于我理解真奈父母以及案件相关人士的心情，也有助于我反观自身。不过，越是近距离地接触案件，我越是无法跳出母亲的视角。这种偏向成了我无法赋予文字普遍意义的重要原因之一。后来我重新以客观的角度搜集事实，以非虚构的写作手法大刀阔斧地修改书稿，这些文字才以小学馆非虚构大奖作品的形式，为社会所接受。

与此同时，我也在日常生活中获得了一些做母亲的自由。儿子是在我眼前的、无可替代的生命，我越来越想回应儿子的呼唤，和他一起走在人生路上。

要防止虐待，掌握有关虐待的知识是必不可少的。尤其是和孩子打交道的人，更有必要加强认知。然而，这起案件最终没能以防止虐待的方式解决，真奈这个独一无二的生命永远从这个世界消失了，我为此深深地哀悼。

这部书稿是在许多人的帮助和建议下完成的。虽然没有列出每一位的名字，但我衷心向各位表示感谢。

另外，除了公众人物（省去敬称），笔者对专有名词做了假名处理。

二〇〇四年十月

文库版 后记

　　本书的单行本发行三年多了。社会上对虐待的认知似乎有了一定的进步，遗憾的是，父母育儿的孤独却好像比以前更深了。

　　值此文库版出版之际，笔者衷心希望诸位父母能在与孩子共度人生的过程中，重新寻回那份单纯的、开门见山的喜悦。

二〇〇七年七月

解说

野村进（非虚构写作者）

一个白天，突然有孩子的惨叫声传入我的耳朵。回头一看，一个三四岁的小女孩声嘶力竭地哭叫着。骂声突然传来。

"叫你快点过来呢！你是不是找死啊！"

一位母亲模样的女人站在离小女孩十五米开外的路边。有那么一瞬，她撞上我的目光，却只是稍微缓和了语气，仍然瞪着眼睛对孩子说："你就不能快点儿吗？妈妈走了啊！我这就走了！"

女人没有将头发染成金色，看上去也不是"不良妈妈"，似乎是随处可见的年轻母亲。她普通的外貌和刺耳的骂声形成了过于鲜明的反差，让我在事后陷入困惑与担忧交织的糟糕情绪中。类似的事情，最近多有发生。

我常有机会和许多亚洲留学生交流，他们问过我这样的问题：

"为什么日本的父母会杀孩子？而且孩子也会杀父母？在我

的国家，这样的事是绝对不会发生的。"

越南留学生、蒙古留学生、中国留学生（准确地说是中国朝鲜族的留学生）纷纷表示，这是来到日本后见到的最让他们震惊的事。父母杀孩子、孩子杀父母，这类新闻对我们来说已经屡见不鲜，但亚洲——特别是发展中国家的留学生听到这样的消息时，受到的冲击之大却如当头一棒那般。

以前日本也并非如此。明治时代初期来日的欧美人常在旅记中提到，日本人从早到晚都在照顾孩子，疼爱孩子时不顾外人的目光，这让他们感触颇深。那么，情况是什么时候发生了改变，又是怎样改变的呢？

我们通过媒体报道了解到一起又一起令人瞠目结舌的案件，认为那些不同寻常的案件是不正常的人的残暴行径，和自己无关，随后逐渐让自己接受了案件事实，并形成了看过就忘的习惯。书中提到的几起案件，就属于最严重的那一类。

名为真奈的三岁幼女在小区的一间房子里被饿死。年轻的父母将孩子放在纸箱里，每天只给她提供一次面包和牛奶，任其日渐瘦弱，一晃神之间，幼女已像木乃伊般死去。孩子的父母被捕时均为二十一岁，十几岁就生儿育女。周刊杂志用"冷血""年轻的恶魔夫妇"等词对两人大肆批判，法院判处两人七年有期徒刑。然后，案件就像往常一样，行将被人们忘却。

对这起残酷无比的案件来说，唯一的救赎恐怕就是得到了本书作者杉山春的关注。这样说大抵没有言过其实。杉山春以细致的采访和坚韧不拔的意志闻名，她在被告服刑期间和他们见面，持续和两人通信，整个采访可谓是名副其实的"彻查到底"。为了调查案件，她默默奔波了近四年之久，最终用摒弃了一切多余情感的文字，几乎写下了案件的全貌。

阅读本书时，读者恐怕会觉得很多内容似曾相识。例如自己小时候忽然被母亲不分青红皂白地责难，父母之间冷冰冰的气场，孩提时费解的母亲和祖母（也就是婆媳）的不睦，还有婚前说不清道不明的不安在婚后日益增大时，近乎"无可挽回"的感受。

孩子出生后，夫妻的情感本该更进一步，然而，厌烦孩子半夜啼哭的丈夫和对周围歇斯底里的妻子却仿佛有一种类似自暴自弃的情绪。孩子哪怕有一丁点儿发育迟缓的征兆，父母就有一种遭到否定的感觉。这是现代人特有的神经过敏吗？

说起来，每个人的心里都有一颗"种子"。这种子是否会发芽、长大，引发连锁反应，逐渐导致忽视（育儿放弃）的发生呢？父母本人的性格特征、成长经历、成长环境自然对此有至关重要的影响，父母的父母也即祖父母的性格特征、成长经历、成长环境也都与之息息相关。偶尔还会遇到不可抗力，一旦遇到，只能说不走运了。

令真奈饿死的智则和雅美，他们的父母都离婚了，他们也曾承受和忽视相差无几的虐待。不止如此，雅美的母亲秀子也是忽视的受害者，秀子的继父家暴严重，甚至令家人胳膊骨折。秀子的母亲还终日承受着未登记结婚的丈夫（也就是秀子的继父）和亲生儿子的暴力，是严重家庭暴力的牺牲者。

也就是说，这家人从真奈往前数三代（不，说不定是更久以前），就已经重病缠身。病症经过世代的累积，最终令真奈饿死。如此想来，几乎令人绝望。

然而，这世上真有人能与家庭的沉疴绝缘吗？尽管具体方式和严重程度不同，沿着巨大的家族树脉络向前回溯，没人知道自己的祖先是谁，但我们每个人都身处繁杂的亲缘关系中，继承着家族的病症。每个人都会在有意或无意间触及家族的病症，在维持精神平衡的同时，或是驯服它们，或是静待其发作。然而，现代日本要保持精神的平衡本就是极为困难的，每年都有三万人主动结束自己的生命。

阅读此书时，一个比喻出现在我的脑海。

现在有一辆车，一对刚考取驾照的年轻夫妇轮流开车，儿童座椅上坐着一个刚出生不久的小女孩。车行至下坡，但司机把刹车踩成了油门，方向盘也把得不稳，车子明显开始画龙，不时发生剧烈的碰撞。随着车身的摇晃，小婴儿的脑袋也跟着晃来晃去。

放在之前，第一个检查站肯定就会将车子拦下。就算没拦下，后面还有第二个、第三个检查站，都会敦促这对夫妻停车。

可现在，每个检查站都直接放行，顶多是亮几下黄灯，没人去阻止这辆加速的汽车。这对青涩的夫妻也早就发觉了异常，可他们既无法靠自己的力量让车停下来，也无法从车上跳下来……

作者说，虐待儿童的人并非惨无人道的父母，都是"极为普通的人"，他们"很清楚虐待孩子是不对的"。

即便如此，平成十八年（二〇〇六年）全国儿童咨询所处理的虐待个案仍然高达三万七千三百四十三件。如果沿用我的比喻，"检查站"要么失职，要么就是没尽到应尽的职责。只不过，一旦将检查站和"家庭""地区"捆绑在一起，它好像就淡出了人们的视线。

讲一件我的私事。读书时，我在马尼拉的老城区生活，心中经常盘桓着一个疑问：菲律宾人如此贫穷，大部分夫妻都有一方要去海外打工赚钱。平日里难得团聚的家庭，看上去却为何如此幸福呢？针对亚洲九国的问卷调查中，被问到"你幸福吗？"的时候，有百分之九十四的菲律宾人回答"幸福"，是九个国家中最高的（顺带一提，幸福感最低的是日本，只有百分之六十四）。

电影《寅次郎的故事》中的世界就是这样——如此跳脱的想法忽然在我的脑海中浮现，自然有其理由。

马尼拉的老城区里，有的是"疯疯癫癫的阿寅"那样的人。可爱的妹妹"樱花"、多管闲事的"叔父"和"叔母"那样的人也随处可见。最重要的是，这些家庭的不远处，总有一位在各个方面照应他们的"住持大人"（电影版由名演员笠智众出演）。在马尼拉的老城区，"住持大人"的角色由天主教会的老神父扮演。

现在菲律宾的乡下还保留着电影《七武士》里的那种村落，也有长老——相当于影片中人们口中的"老爷"（往往不止一位），村中的要事都需由长老最终决定。长老经验丰富，备受村民们的尊敬和信赖。

回到日本后，我深刻感受到，这个国家没有"住持大人"，也没有"老爷"。

"疯疯癫癫的阿寅"想必会承受人们十足戒备的目光，"叔父""叔母"也不愿给自己揽事，不会关照年轻的邻居夫妻。

当今社会，人们似乎是靠手机维系关系的。智则和雅美这对夫妻、雅美和秀子这对母女都不停地用手机给彼此发消息，命运却走向了最坏的结局：三岁的幼童因饥饿致死。

检查站原本的功能如今基本丧失殆尽，家庭的瓦解至此达到了顶点。然而，作者用搜捕到的细节精心地重现了案件全貌。她在第五章中这样记述：

> 真正需要的，是避免这类悲剧发生的智慧。另外，今后两人（智则和雅美）*要如何学会为人父母，抚养他们另外两个孩子（真奈的弟弟妹妹）？在这些方面，也少不了社会的引导与帮助。

家庭和地区关系绝不会崩坏殆尽，它们将拼命地、不停地探索，以新的形式重生——作者忠实于非虚构写作的准则，坚持"用事实说话"。虽然没有高声呼吁，但字里行间无不流露着这样的期盼。

---

* 该段括号内的内容来自解说者野村进。

NEGUREKUTO

by Haru SUGIYAMA

© 2007 Haru SUGIYAMA

All rights reserved.

Original Japanese edition published by SHOGAKUKAN.

Chinese (in simplified characters) translation rights in China (excluding Hong Kong, Macao and Taiwan)

arranged with SHOGAKUKAN through Shanghai Viz Communication Inc.

北京版权保护中心外国图书合同登记号：01-2023-1398

图书在版编目 (CIP) 数据

育儿放弃：被困住的母亲与被忽视的女儿 /（日）
杉山春著；烨伊译 . -- 北京：北京日报出版社，
2023.4

ISBN 978-7-5477-4597-7

Ⅰ . ①育… Ⅱ . ①杉… ②烨… Ⅲ . ①纪实文学－作
品集－日本－现代 Ⅳ . ① I313.55

中国国家版本馆 CIP 数据核字 (2023) 第 052771 号

责任编辑：姜程程
特约编辑：黄盼盼
装帧设计：陆智昌
内文制作：陈基胜

出版发行：北京日报出版社
地　　址：北京市东城区东单三条 8-16 号东方广场东配楼四层
邮　　编：100005
电　　话：发行部：（010）65255876
　　　　　总编室：（010）65252135
印　　刷：肥城新华印刷有限公司
经　　销：各地新华书店
版　　次：2023 年 4 月第 1 版
　　　　　2023 年 4 月第 1 次印刷
开　　本：880 毫米 ×1230 毫米　1/32
印　　张：9
字　　数：178 千字
定　　价：58.00 元